마곡정

성운을 먹는 자

성운을 먹는 자 26

김재한 퓨전 판타지 소설

초판 1쇄 찍은 날 § 2017년 5월 26일
초판 1쇄 펴낸 날 § 2017년 6월 2일

지은이 § 김재한
펴낸이 § 서경석

편집책임 § 이지연
편집 § 이창진
디자인 § 신현아

펴낸곳 § 도서출판 청어람
등록번호 § 제387-1999-000006호
등록일자 § 1999. 5. 31
어람번호 § 제1-2705호

주소 § 경기도 부천시 부일로 483번길 40 서경B/D 3F (우) 14640
전화 § 032-656-4452 팩스 § 032-656-4453
http://www.chungeoram.com
E-mail § chungeorambook@daum.net

ISBN 979-11-04-91349-5 04810
ISBN 979-11-04-90287-1 (세트)

FUSION FANTASTIC STORY

김재한 퓨전 판타지 소설

성운을 먹는 자

광신(狂信)의 잔영(殘影)

26

도서출판 청어람

목차

제168장

광신(狂信)의 잔영(殘影)

성운을 먹는 자

1

그 자리에 걸어 들어오는 것만으로도 사람들의 주목을 모으는 사람이 있다.

누가 오가든 말든 상관없이 자기 일을 하는 것에만 몰두하던 사람들도, 반사적으로 흘끔 바라보는 정도의 관심만을 주는 사람도 주목할 수밖에 없는 특별한 존재감.

지금 척마대 본부에 들어온 사람이 그러했다.

한번 보면 절대 잊을 수 없을 것 같은 외모를 지닌 청년이었다.

키는 컸고, 몸매는 날렵하게 균형 잡혀 있었으며, 신체 비율 또한 모난 곳이 없이 이상적이라 그저 걸어가는 것만으로도 그림이 된다. 또한 얼굴은 옥을 다듬어놓은 듯 수려했으며 거기에 목 뒤에서 질끈 묶은 긴 백발과 신비로운 빛을 발하는 푸른 눈동자가 더해지자 천상에서 내려온 존재라고 해도 믿을 것만 같았다.

유일하게 인간적인 느낌을 주는 부분이라면 그 얼굴에 떠오른 삐딱한 표정일까? 여기 오는 게 참 싫었다는 티가 풀풀 풍기는 표정이었다.

"혹시… 마 부대주님이십니까?"

멍청하니 그를 바라보던 척마대원 하나가 물었다.

백발의 청년, 마곡정이 한숨을 푹 쉬었다.

"내가 많이 변하긴 변했나 보지? 어째 알아보는 사람이 하나도 없네. 그나마 주혁이 너는 그럭저럭 빨리 알아봐 주는구나."

처량한 심정이 드러나는 목소리가 표정과 함께 인간적인 느낌을 더해주었다.

그가 총단으로 돌아온 지는 벌써 보름이 넘었다.

그동안 겪은 일을 떠올리면 절로 한숨이 나온다. 정문으로 당당하게 들어오다가 경비한테 붙잡혀서 쫓겨날 뻔했고, 막무가내로 들어갔다가 구금당해서 심문 과정까지 거친 후에야 본인임을 인정받을 수 있었다.

그러나 사형인 오량도, 사부인 풍성 초후적도 못 알아봤고, 심지어 연인인 예은조차도 긴가민가하면서 한참 동안 관찰한 후에야 마곡정이라는 이름 석 자를 꺼내는 상황에 이르자 마곡정은 후회했다.

'미리 기별할걸.'

일족의 상황이 정리되자 예은을 다시 보고 싶은 마음에 무작정 달려온 것이 문제였다.

척마대원 주혁이 신기해하는 기색을 감추지 못하고 말했다.

"저도 소문을 듣지 않았으면 못 알아봤을 겁니다. 정말 딴 사람 같은데요?"

돌아온 마곡정이 긴 백발을 휘날린다는 소문이 파다하게 퍼져 있어서 망정이지, 안 그랬으면 도저히 알아볼 수 없었을 것이다.

사실 자세히 보면 얼굴 생김새 자체는 안 변했다. 하지만 전체적인 인상이 딴판이다.

피부는 새하얘졌고 머리칼은 눈처럼 새하얀 광택을 흘리고 있었으며 눈동자는 인간 같지 않은 신비로운 빛을 발하고 있는 것이다. 게다가 풍기는 기파가 전혀 달라진 것이 크게 작용했다.

주혁이 물었다.

"그런데 돌아오신 지 보름도 넘었다고 들었는데 왜 이제야 오십니까?"

"복귀하고 나서 지금까지 사부님한테 밤낮을 가리지 않는 지옥 훈련으로 붙잡혀 있느라 예은이하고도 못 놀았다. 지금도 근신령 떨어졌는데 척마대에 정식으로 복귀했다고 보고는 해야 한다는 핑계로 나온 거야."

풍성 초후적은 돌아온 마곡정을 보고 경악을 금치 못했다.

오랜만에 돌아온 제자의 외모와 기파가 다른 사람처럼 변해서만은 아니었다.

'심상경에 도달했구나.'

'……'

'도달했어. 스물네 살에, 성운의 기재도 아닌 녀석이… 허허허.'

누가 골수까지 무인 아니랄까 봐 그것부터 알아보고서는 기쁜 것인지 허탈한 것인지 헷갈리는 웃음을 흘렸던 것이다.

그는 멋대로 뛰쳐나간 마곡정을 꾸중하지 않았다. 심지어 마곡정이 설산에서 무슨 일을 겪고 지금처럼 변했는지, 지금까지 어떻게 지냈는지는 물어보지도 않고 몸을 일으켰다.

'가자.'

'…어딜요?'

'수련하러.'

'…….'

'호위대장, 장로회에 나 대신 휴가계를 제출하게. 앞으로 한 달… 아니, 그건 무리겠군. 보름 동안은 무슨 일이 들어와도 안 움직일 것이야. 그리고 지금부터 내가 불러주는 물품들을 준비해서 수련장으로 가져오게.'

'저기… 사부님?'

'따라오거라. 이야기는 수련하면서 듣자꾸나. 자기가 심상경에 올랐음을 숨기지도 못하는 그 어설픈 상태는 도저히 못 봐주겠으니 그것부터 뜯어고치도록 하자.'

그리고 마곡정은 그 어느 때보다도 열의가 활활 불타오르는 초후적에게 붙잡혀서 보름간 지옥 훈련의 참뜻을 되새겨야 했다.

초후적은 마치 이날이 오기만을 고대했다는 듯 마곡정을 굴리고 또 굴렸다.

마곡정도 설산에서 놀고만 있었던 게 아니다. 틈틈이 진예와 교류해 가면서 무공과 빙백무극지경의 능력을 수련해 왔다.

하지만 진예와는 혈맹이기는 해도 형운이나 서하령처럼 기꺼이 목숨을 나눌 정도로 깊은 관계가 아니다.

그러다 보니 서로 심상경의 영역을 연마하기는 어려웠으며, 심상경은 혼자 고심하고 수련하는 것만으로는 빠른 성과를 얻기 어려운 영역이었다. 거기에 청륜과의 융합으로 얻은 능력을 파악하는 과정까지 겹쳤으니 진도가 지지부진할 수밖에.

초후적이 그를 미치도록 굴린 15일 동안 얻은 성과가 지난 10개월 동안의 수련 성과보다 훨씬 더 컸다.

단순히 이전보다 발전한 수준에 그친 것이 아니다. 초후적은 마곡정에게 심상경이 무엇인지, 그 영역에서 공방을 벌이려면 어떻게 해야 하는지 그 기본 개념을 철저하게 각인시켜 주었다.

이제는 마곡정 스스로 연구하는 것만으로도 이전보다 훨씬 뚜렷한 성과를 볼 수 있을 것이다. 심상경에 입문하고 나서 위험한 걸음마를 하던 마곡정에게 초후적은 너무나 소중한 가르침을 주었다.

곧 마곡정은 척마대주의 집무실로 들어갔다. 그가 없는 동안 제2대 척마대주로 취임한 백건익이 기다리고 있었다.

마곡정은 백건익을 보자마자 나직이 감탄성을 흘렸다.

백건익이 물었다.

"왜 그러나?"

"심상경에 오르셨군요?"

"……."

"허, 몇 년 안에는 도달하실 분이라고 생각했지만 그게 지금일 줄은 몰랐는데."

"어떻게 알아본 건가?"

그가 심상경에 오른 것은 불과 9일 전의 일이다.

아직까지는 누구에게도 말하지 않았다. 닷새간 만난 사람 중에 심상경의 고수가 없었기에 그의 성취를 알아보는 이도 없었다.

"너무 날로 드시려고 하는 거 아닙니까?"

"음……."

"하지만 저는 관대하니까 단서 정도는 드리죠. 심상경에 이른 자라면 누구나 백 대주님의 상태를 알아볼 겁니다."

마곡정은 보름 전까지만 해도 자기도 똑같은 상태였던 주제에 뻔뻔하게 잘난 척을 했다.

"그 말은 자네도 심상경에 올랐다는 말인가?"

백건익은 놀람을 감추지 못했다.

그가 심상경을 이룬 것은 형운이 여행을 떠나기 전까지 수십 번 이상 심상경의 절예를 펼쳐 보여준 덕분이다.

한 번 한 번을 자신의 모든 것을 다해 보고, 전심전력으로 얻어낸 정보를 곱씹으며 거기에 도달할 방법을 고심한 끝에 마침내 심상경의 문을 열 수 있었다.

'그 대가가 크긴 했지만.'

생애 처음으로 심검(心劍)을 펼친 그는 수십 년 동안 써온 애검을 잃고 말았다.

그의 검은 백령회에서 특별히 영수의 골육을 이용해서 만들어준 보검이었다. 20년의 세월 동안 함께해 온 애검을 그렇게 잃은 충격에 심상경에 올랐다는 기쁨조차 잊고 우울해졌을 정도였다.

하지만 그는 곧 자신이 권사가 아니라서 다행이었음을 깨닫고 우울함을 떨쳐냈다. 만약 심검이 아니라 무극의 권을 펼쳤다면 심상경에 오르는 순간이 곧 이승을 하직하는 순간이 될 뻔하지 않았는가?

그 후로는 또 사흘 동안 난항을 겪었다.

애검을 잃고 나니 백건익은 심검을 다시 펼칠 수가 없었던 것이다.

형운이 이런 사태가 닥칠 것임을 미리 경고해 주지 않았으면 당황해서 미칠 지경이었을지도 모르겠다. 그는 애검을 제외한 검들 중 가장 아끼는, 수련용으로도 많이 써서 손에 익은 검을 들고 사흘 밤낮으로 수련에 매진한 끝에 다시금 심검을 펼치는 데 성공했다.

그리고 그 검마저 잃어버리고 말았다.

'형운, 자네가 그립다. 자네가 있었다면… 그럼 이 시련도 조금은 덜 아프게 헤쳐 나갈 수 있었을 것을.'

이쯤 되자 백건익은 정말로 울고 싶은 심정이었다.

그도 검사라서 다른 것은 몰라도 검에 대해서만큼은 물욕이 있었다. 실전에서 쓰는 검은 애검 하나뿐이지만 수련용으로, 보조 장비로, 그리고 그냥 근사한 검을 갖고 싶어서… 등등의 이유로 다양한 검을 수집해 두고 있었던 것이다.

수집가의 심리가 다 그렇듯 백건익도 그 하나하나를 보물처럼 아껴서 잘 진열해 두고, 때때로 꺼내서 손질하면서 흐뭇한 시간을 보내고는 했다.

그런 검들 중에 그가 그만큼 좋아해서 손에 익은 검만이 심검을 펼칠 기회를 제공했다. 그리고 심검을 펼칠 때마다 세상에서 흔적도 없이 사라져 갔다.

애검가(愛劍家)로서는 실로 피눈물이 흐르는 시련의 여정이었다.

심지어 그 시련은 아직도 현재진행형이었다. 백건익은 과연 자신이 아끼는 수집품들을 전부 날려먹을 때까지 심검의 물질화 과정을 통달할 수 있을지 확신할 수 없었다.

그런 백건익의 속내를 모르는 마곡정이 어깨를 으쓱했다.

"뭐, 기연이 좀 있었습니다."

"그거야 그 모습만 봐도 알겠네만……."

백건익의 한쪽 눈은 영수의 눈이다. 그는 마곡정을 보는 순간부터 척마대의 무인들도 알아차리지 못한 거대한 존재감을 느끼고 있었다.

문득 백건익은 과연 마곡정도 자신이 겪고 있는 피눈물 나는 시련을 겪고 있을지 궁금해졌다.

"왜 그러십니까?"

"…아니, 아닐세."

하지만 그는 그 의문을 접어두었다. 그와 마곡정이 별로 친분이 깊은 사이도 아니니 이런 무인의 비전(祕傳)에 해당하는 내용을 가볍게 묻는 것은 예의가 아니었다. 사실 마곡정이 백건익이 심상경에 올랐음을 알아보고 충고를 해준 것도 굉장히 큰 호의다.

백건익은 대신 다른 것을 물었다.

"자네는 스스로를 인간이라고 생각하나?"

"음? 그거야 뭐 별로 상관없지 않습니까?"

"뭐라고?"

"인간인가, 영수인가… 그게 그렇게 중요한 문제 같진 않습니다. 사람의 모습으로 사람의 마음을 갖고 사람들 속에서 사람처럼 산다, 그거면 충분하죠."

마곡정은 자신의 본질이 무엇인가로 고통받지 않았다. 그는 처음부터 영수의 혈통으로 태어나 인간과 영수 모두를 보아왔다. 인간으로 살아가고 있지만 그것은 그저 그가 선택한 결과일 뿐이다.

"제 신변에 대한 이야기는 이쯤 해두고, 일단 척마대주 취임을 축하드립니다."

"고맙네."

"이렇게 될 걸 예상하긴 했는데 그래도 대주님이 그 자리에 앉아계신 걸 보니 상당히 배알이 꼴리는군요."

"솔직하군."

일족을 위해 설산으로 달려가지만 않았어도 지금쯤 마곡정은 척마대주가 되어 있었을 것이다. 각오한 결과이기는 해도 백건익이 척마대주가 되어 있는 걸 자기 눈으로 보고 나니 심기가 상하는 것은 어쩔 수 없었다.

백건익이 물었다.

"자네는 언제 복직할 생각인가?"

"당분간은 좀 놀 겁니다. 그리고 사부님 때문에 오자마자 갇혀 지내느라 공식적인 처분이 안 내려오긴 했는데, 분명히 징계면직 정도는 내려올 테니 복직하고 싶어도 안 되겠죠."

오자마자 초후적에게 붙잡혀 있느라 아무것도 못 했으니 이제는 예은과 그동안 쌓인 이야기도 하고, 여기저기 놀러 다니고 싶었다.

"그렇군."

"그럼 이만 실례하겠습니다. 정식으로 복직하게 되면 다시 뵙죠."

"기대하겠네."

마곡정이 떠나가고 나자 슬그머니 집무실 안으로 들어오는 이가 있었다.

백건익이 척마대주로 취임할 때 그를 따라서 척마대로 옮겨 온 단짝, 영수술사 광익이었다. 본신은 회색 털의 곰 영수지만 지금은 인간의 모습으로 둔갑한 그가 식은땀을 흘리며 말했다.

"방금 전에 다녀간 건 어디의 어르신이야?"

"마곡정 부대주였는데?"

"뭐? 그럴 리가. 수백 년은 묵은 영수의 기운이었는데? 어쩌면 대영수였을지도 모른다고 생각해서 피해 있다가 왔는데 그 애송이였다고?"

백령회의 영수들끼리라면 모를까, 안면도 없는 영수가 부담스러울 정도로 영격이 높다면 만나는 것이 달갑지 않았다. 그래서 피해 있었던 것인데…….

백건익이 놀라 물었다.

"대영수? 그 정도였나?"

"자기 눈으로 봐놓고도 몰랐나?"

"영력이 강하다고는 생각했지만 그 정도라고는 생각 못 했어."

"난 영락없이 추운 동네에서 사는 어르신이 내려온 줄 알았는데. 딱히 과시하지 않아도 자연스럽게 영격이 느껴지더라고."

"하지만 그렇게까지 어마어마한 느낌은 아니었는데……."

"양적 문제가 아니라 질적 문제지. 어쩌면 다루는 권능이 무극의 영역에 도달했을지도 모르는… 그런 영력이었다."

"자기 입으로 기연을 얻었다고 하더니만… 진짜 엄청난 일을 겪고 온 모양이군."

백건익이 혀를 내둘렀다.

2

중원삼국은 인류가 구축한 문명사회의 중심이었다.

그러나 중원삼국의 영토가 인류의 영도 전부는 아니었다. 그 바깥에도 사람들은 있었다.

중원삼국에 공물을 바치는 소국이 있는가 하면 문명의 혜택을 받지 못하고 야만적인 삶을 살아가는 인간들도 있었다.

물론 그곳에서 사는 것은 인간만이 아니다. 요괴, 마수, 환마 등 인간에게 위협적인 존재들이 중원삼국의 영토에서보다 훨씬 강한 존재감으로 자리하고 있었다. 북방 설산이나 청해군도가 그러한 것처럼.

해룡성은 하운국과 중원삼국 바깥 세계와의 접점이다.

위진국에 청해군도가 있듯 이 바다에도 하운국의 영향력이 약한 곳들이 있었다. 그리고 운벽성부터 해룡성까지를 잇는 서남부 국경 너머, 야만의 땅으로부터 하운국으로 침투해 오려는 자들도 끊이지 않았다.

운벽성이 야만족을 막는 육지의 성벽이라면 해룡성은 바다의 방파제다.

당연히 수군의 영향력이 매우 강력했으며 병사들의 질도 높았다. 야만족과의 분쟁이 끊이지 않는 격전지이니만큼 다른 곳과는 비교도 안 되는 수준을 자랑한다.

그러나 그들이 강하다고 해서 야만족들을 모조리 섬멸할 수 있다는 뜻은 아니다.

그들은 하운국의 영역을 방어하는 데는 절대적인 강세를 보였지만 지속적으로 그들에게 출혈을 강요하는 야만족들을 근절하지 못했다.

야만족들의 영역은 지형이 험난하며 인간 외의 위협이 너무 많아서 아예 전쟁을 벌일 생각으로 대군을 동원하지 않는 이상 답이 없다. 그렇기에 하운국에 협력적인 무리들을 지원하면서 그 땅을 안정시키는 것이 그들의 대전략이었다.

"크……!"

해룡성 수군의 백부장 도운은 이를 갈았다.

안개가 자욱이 깔린 밤바다였다.

10장 밖조차 볼 수 없는 이 짙은 바다 안개는 해룡성 사람들에게는 유명했다. 폭풍우가 칠 때를 제외하면 이 해역에는 결코 안개가 걷히지 않았기 때문이다.

그 안개 속에서 도운이 타고 온 전투선이 가라앉고 있었다. 200명 이상의 전투원을 태울 수 있는 커다란 배로도 돌파하기 어려울 정도로 조류가 사나운 해역에서, 그들의 눈을 피해 물속으로 접근해 온 무언가가 배 밑에 구멍을 뚫었기 때문이다.

콰지지직……!

배가 가라앉으면서 무게를 이기지 못하고 선체가 부러지는 소리가 섬뜩했다.

"백부장님! 하선하셔야 합니다!"

젊은 부관이 다급하게 말했다. 다른 이들이 모두 탈출할 때까지 배에 남아 있던 도운이었지만 선체가 분질러지면서 가라앉는 상황에서 남아 있는 것은 너무 위험하다.

하지만 도운은 침착하게 물어보았다.

"모두 하선했나?"

"예!"

"좋아, 곧바로 물러나서 다른 함에 이 사실을 알려야……."

쿠궁!

순간 분질러져서 기울어지던 선체 바닥을 무언가가 쳤다.

배가 격하게 흔들리면서 잡고 있던 기둥을 놓친 부관이 비명을 질렀다.

"아악!"

균형을 잃은 그가 그대로 바다로 떨어진다. 하지만 순간 그의 팔을 붙잡고 하늘로 던져 올리는 손길이 있었다.

도운이었다. 도운은 선체가 크게 기울어진 상황에서도 발을 바닥에 붙인 채로 부관을 잡아서 던졌다. 그리고 자신도 경공으로 몸을 날려서 그를 들쳐 업으면서 사자후로 외쳤다.

"모두 신속히 후퇴한다! 아군이 있는 곳까지 탈출한다!"

한 번에 10장(약 30미터) 이상을 날아간 도운이 물 위에 떠 있는 나무판자를 딛고 다시금 몸을 날렸다.

천하십대문파의 하나로 손꼽히는 용무문(龍武門)에서 무공을 연마한 그는 어지간한 명문의 장로들과 필적하는 실력을 갖고 있었다. 고절한 경지까지 무공을 연마하느라 불혹의 나이에야 관군에 들어왔지만 해룡성 수군으로 배치된 후 채 5년도 안 되어서 백부장까지 고속 승진 할 정도로 무위를 인정받는 인물이었다.

콰아앙!

고절한 경공으로 물 위에 떠다니는 파편들을 딛고 달린 그가 부관과 함께 탈출용 선박에 올랐을 때, 또다시 굉음이 울려 퍼졌다. 그리고 동강 난 배 한쪽이 크게 위로 솟구쳤다가 넘어가는 게 아닌가?

"맙소사……."

그 광경을 본 수병들은 다들 공포에 질렸다.

해가 서녘으로 저문 지 얼마 되지 않아 어두컴컴한 밤바다, 그 위로 자욱하게 깔린 안개 너머에서 뭔가 거대한 그림자가 솟구쳤다가 다시 가라앉았다. 해룡성의 수군으로서 바다에서 온갖 괴물들을 상대해 온 그들도 한 번도 보지 못한 거대한 무언가가…….

촤아아아아……!

그리고 배가 침몰하는 구역을 돌아서 어인 요괴들이 고속으로 수면을 가르며 접근해 오기 시작했다.

3

바다를 모르는 사람들은 배만 있으면 어디든 갈 수 있을 것이라고 생각한다.

하지만 바다 위에서 인간은 참으로 무능한 존재였다. 배를 타고 있는데도 뻔히 눈앞에 보이는 목적지에도 도달할 수 없는 경우가 수두룩했다.

그것은 풍랑 때문일 수도 있고, 조류 때문일 수도 있고, 혹은 뱃사람의 상식으로도 파악할 수 없는 신비로운 현상 때문일 수도 있다.

해룡성의 수군들이 가장 골치 아파 하는 것이 바로 마지막 경우에 해당하는 사례들이다.

그들이 관리하는 바다 곳곳에 잡초처럼 자리 잡은 범죄자 집단이 바로 그런 사례에 기대어 버티고 있었기 때문이다. 예를 들면 서남쪽 바다의 영무진(永霧陳)이 그랬다.

육지에서 100리(약 40킬로미터) 떨어진 곳부터 펼쳐진 그 영무진은 몇 개의 섬을 숨기고 있었고, 이 섬들은 야만족들의 지원을 받는 해적 집단 혈무호(血霧豪)의 근거지였다.

8년 전부터 활동하기 시작한 혈무호는 하운국의 범죄자와 야만족, 그리고 요괴들이 뒤섞인 집단으로 지속적으로 인근 바다와 해안 마을을 대상으로 한 약탈 행위를 해왔다.

그들의 행동 방침은 완벽한 치고 빠지기였다. 기회를 엿보다가 번개처럼 한탕 하고는 수군을 피해서 영무진 안으로 도망친다.

영무진에는 그곳의 환경을 자유자재로 다루는 바다 요괴들의 세력이 있었기에 수군도 함부로 쫓아 들어오지 못했다. 본격적으로 토벌 시도를 한 적도 몇 번 있었지만 아직까지는 실패만 누적하는 중이다.

"젠장. 수군 놈들이 단단히 작정했군."

혈무호의 두목 혈해검인(血海劍刃)은 야만족 출신으로 키가 8척(약 2미터 40센티)에 이르는 거인족의 혈통을 이어받은 마인이었다. 흑적색 피부에 붉게 타오르는 눈동자를 지닌 그는 지금의 상황을 이해할 수 없어서 눈살을 찌푸렸다.

혈무호는 활동을 시작한 이래 죽 수군의 눈엣가시였다.

하지만 다른 곳의 방비를 소홀히 해가면서, 크나큰 출혈을 감수해 가며 전력으로 토벌할 만한 대상은 아니었다.

해룡성 수군의 전력은 한정되어 있는 데 비해 바다는 넓고, 골칫거리는 많다. 그러니 수군은 언제나 방어적이고 전력을 아끼는 태도를 취할 수밖에 없었다.

그들이 총공세를 가해올 때는 손익을 따질 수 없는 절대적인 이유가 발생했을 때다.

혈무호 이전에 영무진의 주인 노릇을 하던 해적 집단은 그런 이유를 쥐여주는 바람에 파멸했다. 그리고 그로부터 20여 년 후 혈무호가 그 빈자리를 차지해서 오늘날까지 활동해 왔다.

"이런 식으로 일이 꼬일 줄이야."

혈무호는 지금까지 아슬아슬한 줄타기를 잘해왔다. 해룡성의 수호영수들이 있는 해역에는 절대 들어가지 않았고, 해안 마을을 습격할 때는 미리 정해둔 선 안에서만 약탈했으며, 상선을 약탈할 때는 되도록 인명은 해치지 않도록 노력했다.

물론 그런 일이라도 당한 입장에서는 혈무호는 쳐 죽일 놈들이다. 하지만 수군 입장에서 막대한 출혈을 감수해 가며 토벌하기에는 애매한, 그런 줄타기를 잘해왔던 것이다.

"젠장! 수군 놈들이 퇴로를 막았습니다!"

부두목이 뛰어들어 와서 보고했다.

"영무진을 포위할 정도의 전력을 투입했다는 건가."

그러면 최소한 12척 이상의 배로 구성된 함대가 통째로 투입되었다는 뜻이다.

수군이 다른 곳의 방비를 포기해 가면서까지 함대를 투입한 것은 며칠 전에 일어난 사건 때문이다.

혈무호는 남해 저편의 섬나라, 가연국으로부터 찾아온 교역선과 그 호위선을 상대로 해적질을 시도했다. 그런데 알고 보니 이 상선에는 가연국의 귀인과, 국가 간의 거래를 위해 가연국으로 파견되었던 현 황제의 넷째 아들 운성왕자가 타고 있었다.

그들을 호위하는 전력은 머릿수만으로는 짐작할 수 없는 수준이었다. 결국 격렬한 전투 끝에 해적질에 나선 혈무호의 배 한 대가 가라앉고, 다른 한 대도 너덜너덜해진 채로 도망쳐 왔다.

하지만 운성왕자의 분노는 가라앉지 않았고, 해룡성의 수군통제사는 혈무호를 토벌하기 위해 함대를 투입한 것이다.

"어쩔까요?"

"일단 포로들은 포기하지."

그들이 외부에서 인간을 잡아 오는 이유는 세 가지다.

노예로 부릴 인력이 필요하기 때문에, 쾌락의 도구로 삼을 여자가 필요하기 때문에, 그리고 마지막으로… 마인과 요괴의 먹이로 삼을 영육이 필요하기 때문에.

당장 혈해검인만 해도 주기적으로 인간의 피와 정기를 취하지 않으면 이성을 유지하기 힘들어진다. 그래서 언제나 먹이로 삼을 인간은 충분히 확보해 두는 것이 그들의 원칙이었다.

"일개 함대로는 영무진 주변을 촘촘하게 포위할 수 없어. 놈들의 포위망은 꽤나 빈틈이 많을 거야. 영무진 안쪽으로 끌어들인 다음 귀염둥이를 이용해서 몇 척 가라앉힌다. 그러면 구멍이 뚫리겠지."

"알겠습니다."

마인과 요괴들이 포함된 혈무호의 분위기는 일반 해적과는 달랐다. 그들은 죽음의 위기 앞에서 겁먹지 않고 광기를 불태웠다.

부두목이 나가자 혈해검인은 고민했다.

'어떻게 해야 하나?'

수군이 출혈을 감수하고 밀고 들어오기 시작한 이상 감당할 수 없다. 영무진에 기대어 버텨봤자 결국은 토벌당하게 될 것이다.

그러니 어떻게든 포위망을 뚫고 도망쳐야 한다.

'도망쳐야 하는가, 아니면 여기서 뼈를 묻어야 하는가?'

살기 위해서는 당연히 포위망을 뚫고 야만족들의 땅으로 달아나야 한다.

하지만 혈해검인은 여기서 결사 항전을 하다가 죽는다는 선택지를 고민하고 있었다.

그것은 그가 혈무호 안에서 진실을 알고 있는 몇 안 되는 인물 중에 하나이기 때문이다.

해룡성 수군이 파악하기로는 혈무호는 야만족들과 요괴들의 합의에 의해 탄생한 해적 집단이었다. 혈무호의 일원 대다수도 그렇게 알고 있었다.

하지만 실은 그것만이 아니다. 처음 혈무호가 결성될 때. 영무진을 차지하게 해주고 물자를 지원해 준 것은 혈해검인이 소속된 조직이었다.

그리고 그들은 지금…….

4

해룡성 수군은 혈무호 토벌을 위해 12척의 전투선으로 이루어진 함대를 투입했다.

또한 이 전투에 투입된 것은 수군만이 아니었다. 인근의 백도 문파들이 수공과 선상 전투에 능한 무인들을 지원해 왔다.

"저 괴물은 대체 뭐지?"

새하얀 수염을 휘날리는 근육질 거구의 노검객, 해풍검호(海風劍豪) 서장오는 놀람을 금치 못했다.

그는 해룡성의 패자로 불리는 천하십대문파 중 하나, 용무문의 장로로 백부장 도운의 스승이었다.

해룡성과 청운성 수군 소속의 무인을 다수 배출한 것은 물론 해룡성 수군을 통솔하는 장군도 용무문 출신이다. 용무문과 수군의 관계는 끈끈했으니 이런 큰일이 생겼을 때 그들이 나서주는 것은 당연한 일이었다.

그의 옆에서 숨을 헐떡이던 백부장 도운이 말했다.

그는 자신이 지휘하던 전투선 하나를 잃고 여기까지 탈출해 왔는데, 수중을 누비는 어인 요괴들이 추적해 오는 바람에 부하들을 지키느라 발판도 없는 바다에서 격전을 펼쳐야 했다. 그 결과 6심에 이르는 출중한 내공도 바닥을 보이고 있었다.

"모르겠습니다. 요기를 풍기지 않는 것으로 보아 요괴는 아니고, 마기가 짙지만 마수 같지도 않습니다."

"확실히 의념에서 지성의 흔적이 느껴지지 않는다. 무언가에 조종받는 인형처럼."

주변에서는 연달아 폭음과 굉음이 울려 퍼지고 있었다.

영무진 안의 조류는 난폭하여 노련한 수병들조차도 배의 움직임을 안정적으로 제어하지 못했다. 그러나 기환술사들이 술법으로 보조하자 어떻게든 뱃머리를 돌려서 괴물을 향해 화포를 쏠 수 있는 각도를 확보하고 있었다.

콰콰콰쾅……!

명중률이 낮지만 그래도 화포 사격은 지속적으로 괴물에게 타격을 가했다.

그러나 괴물은 놀랍게도 화포의 공세를 버텨내고 있었다.

밤의 어둠과 짙은 안개 속에서 괴물의 모습은 바다 위에 솟아난 작은 산처럼 보였다. 이 거리에서 가늠해 보건대 물 밑에 잠긴 부분까지 합치면 몸길이가 15장(약 45미터)에 달하고 촉수까지 휘둘러 대는 괴물이다.

해저에서 솟구친 괴물의 거대한 촉수 하나가 수면을 때리자 격렬한 파도가 일어나 전투선들을 뒤흔들었다. 그리고…….

쉬이이익!

그 너머로부터 날아든 한 발의 불화살이 전투선의 돛대에 꽂히더니…….

콰과광!

요란하게 폭발하면서 사방에 불꽃을 흩뿌리는 게 아닌가?

"젠장! 놈들이 어떻게 폭약을!"

"폭약이 아냐! 기물이다! 불을 꺼!"

해적 주제에 강한 폭발력을 발휘하는, 그것도 폭발한 뒤에 불꽃이 물에 젖은 배에 옮겨붙어서 타오를 정도의 위력을 발휘하는 기물 화살을 쓰다니 믿을 수가 없다.

그들이 야만족의 지원을 받고 있다고는 하나 야만족에게 이런 기물을 만들 기술력이 있었다면 하운국은 그들을 상대하는 전략 자체를 수정해야 했을 것이다.

"이건 혈해검인이라는 놈이 한 짓인가? 생각 이상으로 고수로군!"

서장오가 신음했다.

수병들이 기물 화살의 위력에 놀랄 때 그는 그 한 발의 화살을 최저 200장 이상 바깥에서 쏴서 명중시킨 궁사의 무공에 놀랐다.

'궁술만큼은 나보다 위다. 내공은 나보다 아래인 것 같지만 마공의 특성상 순간적인 출력은 나와 필적할지도 모르지.'

수군 출신의 무공들을 다수 배출한 용무문의 무공은 바다에서의 싸움에 강하다. 그리고 그들이 수군에 강한 영향력을 행사할 수 있는 것은 궁술이 대단히 뛰어나기 때문이었다.

용무문의 장로인 서장오는 검술과 궁술 양쪽을 통달한 고수였다. 그런 그가 자신보다 궁술이 위라고 판단할 정도로 방금 전의 한 수가 대단했다.

'고작 해적 두목 따위가 이런 고절한 고수라고? 어떻게 그럴 수가 있나?'

도무지 납득이 가지 않는다. 강호에 흉명을 떨치던 자라면 또 모르겠는데 혈해검인은 혈무호가 결성된 후 8년 동안 대단한 무위를 과시한 적이 없었다.

콰아아앙!

그러는 동안 또 한 발의 기물 화살이 날아들어서 또 다른 전투선을 타격했다.

그리고 화탄에 맞고 괴로워하던 괴물이 바다 밑으로 잠수하더니 빠르게 돌진해 왔다.

"밑으로 온다! 막아!"

바다 밑을 헤엄치는 적에게는 화포도 무용지물이다. 애당초 화포는 위력이 막강한 대신 사용의 제약이 큰 무기였다.

하지만 바다 요괴들과의 교전 경험이 풍부한 수군은 바다 밑의 상대에게도 대응할 방법이 있었다.

콰앙! 콰과광……!

폭음이 연달아 울리며 수면이 뒤흔들렸다.

수군이 바다 밑의 적을 상대하기 위해 개발한 기물병기, 수뢰탄(水雷彈)들이 터졌기 때문이었다.

"어떠냐!"

"고래 요괴도 한 방에 보내는 위력이라고!"

수병들이 쾌재를 부르는 순간이었다.

꽈아아아앙!

전투함 하나가 뒤흔들렸다.

다들 기겁했다.

"맙소사! 수뢰탄을 버텼다고?"

다들 경악했다. 방금 전에 폭발한 수뢰탄은 다섯 발이다. 이 정도면 물 위에서 화포 다섯 발에 직격당한 것 이상의 충격을 받았을 텐데, 그런데도 정신을 잃지도 않고 달려들어서 배의 바닥을 쳤단 말인가?

"수, 수뢰탄을 더 떨어뜨려!"

"하지만 우리 배와 완전히 붙어 있어서 수뢰탄을 터뜨리면 우리까지 당합니다!"

"그럼 수뢰시(水雷矢)라도 쏴!"

수병들이 우왕좌왕할 때 서장오가 허공으로 솟구쳤다. 그리고 바다 밑을 뚫어져라 노려보더니 허공에다 검을 휘둘렀다.

꽈아아앙!

그 직후, 세 번째로 괴물과 충돌한 전투선이 크게 흔들렸다. 하지만 두 번째 충돌에 비해 충격이 약했다.

"음……!"

서장오가 신음했다.

물 밑에 있는 놈을 포착하고 전력을 다한 격공의 기로 타격했는데도 공격을 멈추지 못했다. 약간 기세를 죽였을 뿐이다.

"놈!"

서장오는 수상비로 수면을 박차고 날아올라서 바다 밑을 향해 기공파를 쏘아냈다.

콰콰콰콰콰!

7심 내공에 무공 또한 바다처럼 깊은 경지에 도달한 그가 기공파를 난사하자 그 위력은 전투선들의 화포 사격을 능가했다.

짙푸른 검기가 바다를 가르고 괴물이 있는 위치까지의 공간을 확보했으며, 다시 물이 밀려들기 전에 수십 발의 기공파가 날아가서 괴물을 타격하자 그 폭발력으로 반경 수십 장의 수면이 거세게 요동쳤다.

"맙소사!"

그 광경을 보는 수병들이 경악했다.

수군에도 고수라 불리는 이들이 많았지만 그들이 보기에

도 서장오는 사람의 경지를 초월한 무신(武神)으로 보였다. 왜 해룡성 수군통제사가 직접 용무문까지 찾아가 그의 참전을 부탁했는지 모두가 납득할 수밖에 없었다.

"놓쳤는가……."

하지만 무시무시한 화력으로 괴물을 타격한 서장오는 전투선 위에 내려서서 중얼거렸다.

타격을 받은 괴물이 더 깊은 수심으로 잠수해 버렸기 때문이다. 서장오가 그 위치를 놓치지 않도록 감각을 바다 밑에 집중하고 있을 때…….

쉬이이이익!

어두운 밤하늘 위에서 발사된 한 발의 화살이 그를 노리고 비스듬하게 내리꽂혔다.

"사부님!"

도운이 다급하게 외쳤다.

괴물에게만 정신이 팔려 있던 서장오는 한 박자 늦게 화살의 존재를 알아차렸다. 피하기에는 늦었기에 그는 호신장막을 펼치면서 동시에 검기로 화살을 때렸다.

콰과광!

화염이 폭발하면서 서장오가 바다로 튕겨 나갔다.

그리고 그런 그를 향해 새 요괴에 올라타서 하늘을 날고 있던 한 인영이 뛰어내려서 강습해 온다.

콰아앙!

검과 검이 맞부딪치는데 그 충격으로 수면이 움푹 파이면서 수십 장이 요동쳤다. 그리고 밀려난 서장오가 수상비로도 버틸 수 없는 압력에 바닷속으로 빠져 버렸다.

"크흐! 골치 아픈 영감! 방심해 줘서 고맙다!"

신음하는 건지 웃는 건지 모를 8척 거구의 검객은 혈무호의 두목 혈해검인이었다.

'역시 괴물 같은 영감이군!'

혈해검인의 내공은 6심에 달한다. 그런 그가 압도적으로 유리한 고지를 점하고 기습을 가했는데도 그 반동으로 내장이 진탕하고 있었다.

이것은 그저 서장오의 기심이 그보다 하나 많기 때문에 드러난 격차가 아니다.

기심의 수가 같다고 해서 내공의 깊이가 같은 것이 아니다.

진기의 정순함이 다르다.

기심과 기맥의 견고함이 다르다.

무엇보다 진기의 운용 능력이 다르다.

설령 다른 조건이 완벽하게 같다고 해도 진기 운용 능력에서 격차가 벌어지면 도저히 내공이 같다고 볼 수 없는 어마어마한 차이가 나게 된다. 서장오는 한 줌의 진기만으로도 거대한 바위를 가를 수 있는 고수였다.

'이 기회에 끝장을 낸다!'

격돌한 반동으로 허공으로 떠올랐던 혈해검인은 붉은 안광을 발하며 바닷속으로 뛰어들었다. 그의 마공은 수공의 성질을 포함하기에 수중전에서 막강한 위력을 발휘한다.

'영감, 이 바다가 네놈의 무덤이다!'

혈해검인은 고속으로 서장오에게 접근해 갔다.

수공의 달인인 그는 물속에서 물고기처럼 빠르고 자유자재로 움직이는 것은 물론, 밤이 되어 캄캄한 바닷속에서도 주변 상황을 파악하는 능력이 뛰어났다.

투학……!

바다 밑에서 검기와 검기가 부딪치며 충격파가 터졌다.

'위험하다.'

서장오는 등골이 서늘해졌다.

용무문의 무공 역시 수공을 포함하고 있다. 하지만 서장오는 다른 무공 성취에 비해서는 수공의 성취가 낮은 편이었으며, 무엇보다 폐에 공기도 채워 넣지 못한 상태로 물속에 빠지지 않았는가.

모든 면에서 혈해검인이 압도적으로 유리한 전투였다.

파악!

어두컴컴한 바닷속에서 서장오의 어깨가 갈라지며 핏물이 튀었다.

서장오는 어떻게든 진기 흐름을 안정시켜 가면서 수면으로 올라가려고 했지만 혈해검인은 그가 그렇게 하도록 놔두지 않았다.

'물에 빠진 놈들의 심리는 뻔하지!'

일대일 전투에서 상대의 심리를 훤히 들여다보는 것만큼 유리한 요소를 찾기가 어렵다.

아무리 서장오가 고수이고, 실전 경험도 풍부한 인물이라고 해도 이런 상황에 처하게 되면 심리 상태가 뻔해진다. 혈해검인은 차분하게 서장오의 몸에 상처를 늘려가며 그의 움직임이 둔해지는 것을 지켜보았다.

'크크큭, 영감, 우리 귀염둥이한테 상처 입힌 만큼 영양 보충을 시켜줘야겠어.'

그리고 수중전을 벌이는 그들의 아래쪽에서 수군을 애먹이던 괴물이 다시금 떠오르고 있었다.

이 괴물은 혈해검인과 심령으로 연결되어 있어서 그가 원하는 대로 조종할 수 있었다. 이제 서장오에게 기다리는 것은 확실한 죽음뿐이다.

서장오도 괴물이 다가오는 것을 깨닫고는 한층 심정이 다급해졌다. 그의 움직임이 점점 허우적거림으로 변해갈 때였다.

쿠우우우웅……!

갑자기 수면에서 굉음이 울려 퍼지며 그 여파가 그들이 있는 수심을 뒤흔들었다.

'뭐지?'

혈해검인이 당황하는 순간이었다.

투학!

고속으로 날아든 무언가가 그의 방어 위를 강타했다.

'얼음?'

혈해검인이 그것이 날카로운 얼음덩어리였음을 깨닫고 당황했다.

지금 시기는 10월, 대륙 중부에 비하면 여름처럼 따뜻한 이 따뜻한 남해에 웬 얼음이란 말인가?

다음 순간 더욱 놀라운 일이 벌어졌다. 수중에서 형성된 얼음조각들이 서장오의 주변을 벽처럼 감싸서 위로 끌어 올리는 게 아닌가?

'어딜!'

혈해검인은 그를 추적하면서 검기를 발했다.

콰아앙……!

그러나 서장오의 주변을 감싼 얼음조각들이 그의 검기를 가로막았다.

바위도 갈라 버리는 위력을 자랑하는 검기가 불과 수십 개의 얼음조각을 뚫지 못하고 막혀 버렸다. 그리고 그사이 서장오는 물 밖으로 탈출해 버렸다.

'젠장! 용무문에 이만한 술법사가 있었나?'

천하십대문파로 손꼽히는 문파들은 개개인의 무공만 강한 것이 아니라 강한 조직력과 뛰어난 술법까지 모든 것을 두루 갖추고 있었다. 혈해검인은 낭패감을 느끼며 서장오가 탈출한 지점에서 멀찍이 떨어진 지점으로 올라갔다.

촤아아악……!

물보라를 일으키며 하늘로 솟구친 그는 주변에 떠다니는 나뭇조각 위에 올라섰다. 그리고 경악했다.

시계가 맑게 트여 있었다.

'영무진이? 폭풍우가 오는 것도 아닌데?'

영무진은 기적적인 확률로 형성된 자연적인 기환진, 그야말로 천혜의 방벽이다. 지금까지 황실에서 투입한 술법사들이 수도 없이 영무진을 깨려고 시도했지만 단 한 명도 성공하지 못했다.

그런데 영무진이 걷히면서 시야가 맑게 트이고 있었고…….

'이건 뭐야? 설마… 눈인가?'

바닷바람을 따라서 눈송이가 휘날리고 있었다.

놀라 주변을 둘러본 혈해검인은 영무진의 안개를 형성하는 수기(水氣)가 얼어붙어서 휘날리고 있는 것임을 깨닫고 경악했다. 이런 일이 벌어지려면 막대한 규모의 극음지기가 필요할 텐데, 지금 이 해역에는 흩날리는 눈송이로 인해 약간의 쌀쌀함이 있을 뿐 그리 춥지 않다.

쿠우우우웅!

그리고 폭음이 울려 퍼지며 주변 수십 장이 뒤흔들렸다.

혈해검인은 그 진원지를 보고 눈을 크게 떴다.

그가 조종하는 검은 괴물 위에 한 사람이 올라서 있었다. 검푸른 옷자락을 펄럭이는 청년이 올라선 것만으로 온통 새카만 괴물의 머리통이 움푹 파였다. 압력을 버티지 못한 양옆이 터져서 시커먼 피가 뿜어져 나온다.

그리고 청년이 발을 머리 위까지 들어 올리더니 그대로 내리찍었다.

꽈아아앙!

폭음이 울려 퍼지며 괴물이 바닷속으로 빠져 버렸다. 몸길이가 15장에 달하는 거체가 사람의 발길질에 나가떨어진 것이다.

"단단하군."

그 반동으로 하늘로 솟구친 청년이 차갑게 중얼거렸다.

그의 얼굴을 알아본 혈해검인이 공포와 전율을 담아 외쳤다.

"선풍권룡!"

형운이 해룡성 수군의 무력행사에 난입한 것이다.

5

전장의 시선이 모조리 한 사람에게로 집중되었다.

갑자기 나타난 형운은 마치 검게 물결치는 밤바다 위를 육지처럼 달려와서 수군의 전투선 위에 올라섰다. 그리고 통성명도 하지 않고 곧바로 광풍을 일으켜서 해적들이 안개 저편에서 쏜 화살들을 튕겨 버리고, 곧바로 청백색 섬광을 쏘아내서 그들을 타격했다.

꽈아아아앙!

화포보다도 몇 배나 강한 기공파에 해적들의 배 측면이 부서져 구멍이 뻥 뚫리고, 선체가 넘어갈 듯이 뒤흔들렸다.

"대협! 잠깐만!"

곧바로 도약하려던 형운을 한 목소리가 붙잡았다.

배 위에 주저앉아 있던 중년의 장수가 말했다.

"본인은 백부장 도운이라고 하오. 누구신지는 모르나 우리를 도와주러 오셨다고 생각해도 되겠소?"

"그렇습니다. 별의 수호자의 형운이라고 합니다."

"형운? 혹시 선풍권룡이시오?"

"그런 허명으로 불리고 있지요."

형운이 고개를 끄덕이자 도운이 입을 쩍 벌렸다.

그러나 그것도 잠시, 그는 퍼뜩 정신을 차리고 말했다.

"지금 본인의 스승님께서 적 수령의 기습을 받아 바다 밑으로 끌려들어 가셨소. 본인의 내공이 바닥나서 도울 수가 없는데 부디 대협께서 도와주시길 부탁드리오."

"알겠습니다. 이걸 받으시지요."

형운은 품에서 진기 회복제 하나를 꺼내서 도운에게 던져주고는 훌쩍 날아서 바다 위에 섰다. 파도치는 수면이 단단한 바닥이라도 되는 것처럼 서 있는 그의 모습에 모두 현실감이 흐려지는 것을 느꼈다.

형운이 손을 뻗자 그 앞에서 날카로운 얼음조각 하나가 바다 밑으로 쏘아져 갔다. 그리고…….

후우우우우……!

형운을 중심으로 푸른 광풍이 퍼져 나가면서 바다 위의 자욱한 운무가 걷힌다. 아니, 정확히는 얼어붙어서 사방으로 눈송이가 흩날리기 시작했다.

"맙소사. 이건 설마 빙백무극지경인가?"

무슨 일이 일어난 것인지 알아본 술법사들이 경악했다.

형운은 자신을 중심으로 100장 거리의 운무를 얼려서 걷어버렸는데, 그런 일을 하면서도 다른 존재에게는 전혀 냉기를 적용하지 않았다. 그들이 쌀쌀함을 느낀 것은 어디까지나 눈송이가 휘날리면서 기온이 약간 낮아졌기 때문이었다.

곧 얼음방벽에 감싸진 서장오가 바다에서 끌어내져서 갑판에 놓였다. 죽음의 위기에서 탈출한 서장오는 바닥에 엎드린 채 거칠게 숨을 몰아쉬었고…….

꽈아아아앙!

수군은 형운이 그들을 고생시키던 괴물을 단 두 번의 발차기로 침몰시키는 것을 보며 벌린 입을 다물지 못했다.

"선풍권룡!"

그런 형운의 신위를 본 혈해검인이 경악과 전율을 담아 외쳤다.

허공으로 솟구친 채 그를 본 형운이 씩 웃었다.

마치 찾아 헤매던 먹잇감을 찾은 맹수처럼 위협적인 미소였다.

콰아아아앙!

다음 순간 형운이 날린 유성혼이 혈해검인을 강타했다.

그것을 받아내면서 수면에서 튕겨 나간 혈해검인이 버럭 소리를 질렀다.

"네놈이 어째서 여기에 있는 거냐!"

"웃기는 놈일세? 한눈에 날 알아본 데다가 마치 내가 여기에 오지 않을 것을 확신한 것처럼 말하는군. 이런 곳에 처박혀 있는 해적 주제에 어떻게 그럴 수가 있지?"

형운은 수상비로 바다 위를 느긋하게 걸어오며 물었다. 혈해검인은 대답 대신 이를 갈며 검을 휘둘렀다. 그의 검기가 바다의 수기와 융합하면서 거대한 파도가 형운을 향해 날아들었다.

"웃기는 수작."

하지만 형운은 허공섭물로 그것을 둘로 갈라 버렸다.

꽝!

그 광경에 놀란 혈해검인이 뭔가 해보기도 전에 형운이 발한 격공의 기가 그를 강타했다.

혈해검인은 격공의 기에 대비하고 있었다. 그 자신이 격공의 기를 구사할 수는 없지만 호신장막을 펼쳐 전신을 감싸면 방어가 가능하다. 진기 소모가 크기는 하지만 예상 못 한 공격을 맞는 것보다는 그 편이 나았다.

그렇게 판단했는데…….

"크악!"

형운이 발한 격공의 기는 호신장막을 넘어서 그를 타격하는 게 아닌가?

뒤이어 제비처럼 날쌘 경공으로 그를 따라잡은 형운이 그의 왼팔을 붙잡았다.

콰직!

동시에 발한 침투경에 혈해검인의 왼팔이 부러졌다.

"아아아아악!"

격통 속에서 혈해검인이 의기상인으로 공격을 가했으나 어림도 없었다. 형운은 마치 아무 일도 없었다는 듯 방어하고는 그의 부러진 팔을 붙잡고 허공으로 집어 던졌다.

"으아아아아!"

마치 화포로 쏘아낸 포탄처럼 날아가는 그에게 커다란 날개를 펼친 그림자가 날아든다. 그것을 본 서장오가 다급하게 외쳤다.

"안 돼! 도망친다!"

처음 그를 이 전장으로 옮겨주었던 새 요괴가 그를 낚아채기 위해 날아들었던 것이다.

쾅!

하지만 새 요괴의 발톱이 혈해검인의 어깨를 쥐는 순간, 수면으로부터 일직선으로 쏘아진 한 줄기 광선이 하늘까지 뻗어 나갔다.

"저, 저런……."

서장오의 말문이 막혀 버렸다.

유성혼을 극한까지 응축시킨 유성추가 정확히 새 요괴의 머리통을 관통해서 박살 내버렸던 것이다.

콰당탕탕!

그리고 수십 장을 날아온 혈해검인이 서장오가 있는 배 위에 처박혔다. 보통 사람이라면 피떡이 되었겠지만 그는 격통 속에서도 경공을 펼쳐서 기세를 최소화하며 내려섰다.

"제기랄! 이렇게 된 이상 혼자 죽진 않는다……!"

혈해검인의 눈이 붉은 광망을 토해냈다.

형운이 여기까지 달려오기까지의 짧은 시간, 그동안 최대한 많은 수병을 길동무로 데려갈 결심을 한 것이다.

서걱.

하지만 그가 검기를 발하는 순간, 섬뜩한 절삭음이 울려 퍼졌다.

"어……?"

순간 혈해검인은 무슨 일이 벌어졌는지 이해하지 못했다.

전력을 다해 검기를 일으키면서 검을 휘두른다. 수도 없이 반복해 온 그 한 동작은 섬전처럼 빠르게 주변의 수병들을 베어서 피 보라를 일으켰어야 했다.

그런데 반쯤 휘둘러지던 팔이 싹둑 잘려 나갔다.

"아아아악……!"

한 박자 늦게 사실을 인식한 혈해검인이 절규했다.

그의 뒤쪽에 흑의를 입고 얼굴을 위쪽 반만 가리는 하얀 가면을 쓴 가려가 검을 빼 들고 서 있었다. 그녀는 몸부림치는 혈해검인의 무릎 뒤쪽을 차서 관절을 부숴 버린 다음 꿇어앉혔다.

신속하고 무자비한 폭력 행사에 거칠다고 자부하는 해룡성의 수병들조차도 숨을 삼켰다.

"잘했어요, 누나."

수면을 박차고 뛰어서 수십 장을 날아온 형운이 그 앞에 사뿐히 내려섰다.

"네놈……!"

가려에게 제압당한 채로 팔의 절단면을 강제로 지혈받은 혈해검인이 두 눈에서 혈광을 발하며 형운을 노려보았다.

하지만 형운은 싸늘하게 그를 내려다보다가 말했다.

"조금 전의 대화를 계속해 볼까? 왜 내가 여기 오지 않을 거라고 확신했지?"

"……."

"내가 답을 맞혀보지. 그건 네가 흑영신교도이기 때문이다."

그 말에 혈해검인이 흠칫하더니 말했다.

"무슨 소리냐! 그런 말도 안 되는 누명을 씌우다니! 내가 마인이긴 하지만 그런 광신도들하고 상종한 적은 없다!"

"거짓말을 잘하는군. 하긴 해적 나부랭이로 위장한 채로 지내려면 연기력이 있어야겠지."

형운은 그의 시선을 통해서 거짓을 간파했다. 혈해검인이 몸부림쳤다.

"이놈! 차라리 죽여라! 내게 마교도의 낙인을 씌울 셈이냐!"

형운은 그를 가만히 바라보다가 피식 웃었다.

"거참. 연기 잘하네. 악쓰는 척하면서 괴물을 다시 부리시려고?"

이번에야말로 혈해검인은 놀라서 눈을 부릅떴다. 형운이 말했다.

"일단 괴물부터 끝장내야겠군. 아, 그리고 네가 발빼하다 죽어도 상관없어. 어차피 안개를 걷어내고 섬을 샅샅이 뒤질 거고, 네놈들이 숨겨놓은 걸 찾아내고 말 거야. 내가 그런 일에는 전문가거든. 누나, 이놈 자결 못 하게 잘 붙잡고 있어요."

형운은 곧바로 몸을 날려서 수면 위에 섰다. 그러자 자연스럽게 바닷물로부터 한 자루 얼음검이 형성되어 그의 손에 쥐어졌다.

"자, 그럼……."

그리고 형운이 한번 휘두르자, 그 얼음검이 빛으로 화해 사라졌다.

잠시 후, 뭔가 알았다는 듯 차갑게 웃은 형운이 훌쩍 날아올라서 다시 뱃전으로 돌아왔다.

백부장 도운이 물었다.

"어떻게 된 겁니까?"

"괴물의 몸을 둘로 잘라놨습니다. 곧 시체가 떠오를 것 같네요."

"네?"

도운은 순간 형운의 대답을 이해하지 못해서 멍청하니 되물었다.

그의 의문을 풀어준 것은 형운이 아니라 서장오였다.

"설마… 심검(心劍)이었는가?"

"예. 아무리 덩치가 커도 그렇지 너무 내구력이 강하다 싶었는데, 아무래도 인공적으로 만들어낸 사술 생명체였던 모양입니다. 내재된 술법이 전부 충격을 흡수하고 배출하는 데 특화되어 있었던 게지요. 하지만 심상경의 절예에 대해서는 방비하지 않았는지 단칼에 잘리는군요."

"……."

서장오는 할 말을 잃었다.

천하십대문파라 불리는 용무문에도 심상경의 고수는 단 세 명뿐이었다. 그리고 그중 한 명은 노쇠하여 은퇴한 몸이라 실전에서의 무위를 논할 수 없는 몸이다.

따라서 실질적으로 용무문에서 보유한 심상경의 고수는 두 명. 이들이 심상경에 오른 시기는 각각 40대 후반과 60대 중반이었다.

그런데 이제 고작 20대 중반에 불과한 형운이 심상경의 절예를, 권사로서의 절기인 무극의 권도 아니고 심검으로 펼쳐 낼뿐더러 그것을 너무나 당연하게 이야기하고 있으니 서장오가 받은 충격은 보통이 아니었다.

'선풍권룡의 명성이 허명이라고 생각하지는 않았지만 그래도 어느 정도 과장된 면은 있다고 생각했거늘… 이건 정말로 경세적이지 않은가?'

강호에 떠도는 형운의 무용담은 실로 신화적이라 직접 본 사람이 아니고서는 도저히 믿을 수 없는 경우가 많았다. 일반인들은 쉽게 믿지만 오히려 무공을 연마한 사람일수록, 그 경지가 고절한 사람일수록 그 이야기들을 곧이곧대로 믿지 못했다.

서장오 역시 그런 사람들 중에 하나였다. 그러나 지금 눈앞에서 형운의 신위를 보고 나니 평생 동안 견고하게 구축되어 온 세계관이 산산조각 나는 충격이 덮쳐왔다.

곧 괴물의 시신이 밤바다 위로 떠오르자 형운이 물었다.

"혹시 이 함대의 총지휘관은 어느 분이십니까?"

"모용후 장군님이십니다. 이곳으로 오고 계십니다."

곧 모용후가 기함에서부터 경공을 펼쳐 배와 배 사이를 뛰어넘으며 당도했다. 흰 수염을 휘날리는 노장군은 서장오만은 못해도 상당한 고수였다.

'이 기운은… 태극문도인가?

형운은 그를 보자마자 그가 태극문의 무공을 수련했음을 알아보았다. 도가 문파가 태극문 하나만은 아니지만 형운은 기영준을 포함해서 태극심공을 연마한 태극문도들을 많이 보아왔기에 한눈에 알아본 것이다.

"해룡성 수군 제4함대를 맡고 있는 장군 모용후일세. 도움에 감사하네."

"별의 수호자의 형운이라고 합니다. 모용 장군님을 뵈어 영광입니다."

"나야말로 강호에 명성에 자자한 선풍권룡 대협을 만나게 되어 영광일세. 본 문에서도 자네 이야기가 자주 나오고는 하지. 아, 나는 태극문에서 무공을 배웠다네."

그 말에 형운은 생각했다.

'확실히 십대문파의 저력이 느껴지는군.'

지금까지 많은 백도 문파들을 보아왔지만 모용후와 서장오는 별의 수호자에서도 높은 평가를 할 만한 고수들이었다. 이런 고수들을 배출하여 관군의 일원으로 만들어온 전적이 있기에 천하십대문파의 위상이 그렇게 높은 것이다.

모용후가 물었다.

"그런데 어이하여 이곳에 오게 된 것인가?"

"개인적으로 여행을 하던 중에 해룡성에 오게 되었습니다.

그런데 해안가를 지날 무렵, 이 섬에 붙잡혀 있다가 기적적으로 탈출한 생존자를 만나 이곳이 흑영신교의 소굴이라는 정보를 얻었습니다. 그분의 상태가 비몽사몽이었기에 정보의 진위를 확신할 수 없었으나 그냥 지나칠 수 없다고 여겨서 달려와 본 것입니다."

"허어, 하늘이 도우셨군."

모용후가 감탄했다. 실로 놀라운 우연이었지만 형운은 일존구객의 일원으로 명성을 떨치는 인물이었고 경세적인 무위로 그들에게 큰 도움을 주었으니 그 진위를 의심할 이유가 없었다.

"하지만 이놈들의 흑영신교라니, 혈해검인의 무위가 놀랍기는 했지만 그렇게 보기에는 조금 무리가 있지 않겠는가?"

"모용 장군님의 말씀도 일리가 있습니다. 하지만 마교와 관련된 일은 아무리 주의를 기울여도 부족하지 않으니, 부디 제가 이들의 본거지를 수색하는 것을 허락해 주셨으면 합니다."

"그야 거절할 이유가 없네. 자네가 작전을 도와준다면 천군만마를 얻은 것이나 마찬가지지."

흔쾌히 허락하는 모용후를 보며 형운은 자신이 정보를 얻게 된 경위를 떠올렸다.

6

불과 반 시진(1시간) 전의 일이다.

형운은 부상자로 위장한, 스스로를 산 채로 시귀로 만드는 술법을 진행하고 있는 마교도를 만났다.

"나는 위대한 광세천을 섬기는 몸이다."

"광세천교도라고?"

형운이 놀랐다.

광세천교는 그에 의해 멸망했지만 그 잔당이 세상 곳곳에 남아 있음을 알고 있었다. 하지만 이런 식으로 마주하게 될 거라고는 예상치 못했다.

"선풍권룡 형운, 증오스러운 악귀, 재앙과 종말의 왕이여."

광세천교도라면 당연히 가질 수밖에 없는 바닥없는 증오와 원한이 느껴졌다.

하지만 형운은 그 시선을 담담히 받아내며 물었다.

"멸망한 신이 회수해 가지도 않은 찌꺼기가 이제 와서 내게 무슨 볼일이냐?"

"연옥이 연옥으로 남을지언정 지옥이 되어서는 안 된다. 그렇기에 신께서는 우리에게 연옥에서 살아가는 고행을 명하셨다."

"서두가 길군. 그만 듣고 싶어지는데."

"네놈은 위대한 신의 선의를 파괴한 악이지만 그럼에도 필요악이지. 흑영신의 주구 놈들의 뜻을 파괴하라!"

광세천교도는 혈무호가 흑영신교의 뜻대로 조종되는 조직이며, 그들의 본거지에 흑영신교의 비밀 연구 시설이 숨겨져 있음을 형운에게 알려주었다.

그것은 광세천교 잔당이 수많은 교도들을 희생시켜 가면서 얻은 정보였다.

이제 광세천의 의지는 현계에 미치지 못한다. 그러나 광세천교 잔당에게는 광세천이 남겨준 구원의 실이 있었다.

그렇기에 그들은 스스로의 목숨을 제물로 바치는 사악한 술법 의식을 통해 광세천의 의지를 접하는 것이 가능했다. 그저 신의 말씀 한마디를 듣기 위해 그들은 기꺼이 목숨을 던졌고, 자신의 고행이 끝나 광세낙원으로 갈 수 있음에 기뻐했다.

'미치광이 놈들…….'

형운은 새삼 그들의 광기에 소름이 끼쳤다.

그나마 이제는 교도가 아닌 자들에게 선업의 기회를 준답시고 사술의 제물로 바치지 않는 것을 다행으로 여겨야 할까? 이미 골수까지 광기에 물든 마교도들이 스스로를 제물로 바치는 것은 섬뜩하기는 해도 안타깝지는 않았다.

"흑영신의 주구들의 예지에는 구멍이 숭숭 뚫려 있다. 또한 가증스러운 신녀의 예지도, 화신의 천리안도 네놈에게 향할 수 없으니 놈들은 이 일에 대비하지 못하리라…….”

광세천교 잔당들은 거의 대부분 일반인인 척하며 살아가는 자들이다. 세상 곳곳에 있는 그들을 연결시켜 주는 교단이 멸망했으니 예전처럼 막강한 조직력을 발휘하지 못했다.

그럼에도 그들 사이에는 느슨한 연결 고리가 존재했으며, 권력자나 큰 조직에 영향을 끼치는 자들도 있으니 없는 힘을 쥐어짜 내면 어설프게나마 전국적으로 정보망을 굴리는 일이 가능하기는 했다.

최근 형운이 자신을 드러낸 채로 활동했기에 그들은 형운의 행보를 파악하고, 갈 길을 예측할 수 있었다.

그리고 그가 지나가리라 예상되는 후보 지점에 수많은 교도들을 깔아두었다. 혈무호에 대한 정보를 전달해 주기 위해서.

“후후, 이것으로 나의 고행은 끝났다. 교우들의 희생이 헛되지 않았으니 그분께서 흡족해하시리라…….”

광세천교는 만족스럽게 웃으며 자신의 목숨을 연명시켜 주는 술법의 힘을 끊었다. 그리고 피를 토하며 고통스러워하다가 숨이 끊어졌다.

‘이런 놈들이 아직도 세상에 그렇게나 많이 남아 있다니.’

그 사실을 예상하고 있었다. 그러나 실제로 확인하고 나니 오싹했다.

차라리 실체가 명확한 적을 상대하는 게 낫다. 이제는 때려 부술 실체조차 없는 미치광이들이 세상 곳곳에서 정체를 숨긴 채 살아가고 있다는 것이 아닌가.

어쩌면 자신은 흑영신교를 토벌하는 데 성공한 후 남은 평생 동안 두 마교의 그림자와 싸워야 할지도 모른다. 그런 생각을 떠올린 형운은 한숨으로 꺼림칙한 감정을 털어내고는 가려와 함께 영무진으로 향했다.

7

흑영신교의 비밀 시설들은 세상 곳곳에 있었다.

비밀 시설을 만들기란 참으로 어려운 것이다. 세간의 이목을 피해서 막대한 물자를 이송하고, 인력을 투입하여 공사를 해야 하니까.

그렇기에 일단 만들어놓은, 아직 세상에 비밀이 밝혀지지 않은 시설들의 가치는 무척 높다.

흑영신교는 세상 곳곳에 존재하는 그런 시설들을 찾아내어 효율적으로 활용해 왔다.

영무진에 숨겨진 시설은 오래전 바다의 악신을 추종하는 마교에서 만들어둔 시설이었으며, 영무진 자체도 그 시절의 흔적이었다. 흑영신교는 이곳에 성지에서 직접 이어지는 축지문을 설치해 놓고 중요한 연구를 진행해 오고 있었다.

"아무래도 들킨 것 같군……."

흑영신교 이십사흑영수의 일원, 뇌원권마(雷元拳魔)가 신음 섞인 목소리로 중얼거렸다.

그는 눈에서 푸른 전광이 일렁이는 비쩍 마른 노인이었다. 제 한 몸 가누기도 어려워 보이는 체형인데도 그 움직임은 마치 젊은이처럼 활력이 넘쳐 기괴한 이질감을 주었다.

"어째서 선풍권룡이 이곳에 나타난 것인가."

혈무호는 흑영신교가 위장을 위해, 그리고 연구 진행을 위해 만들어낸 집단이다. 두목인 혈해검인은 이십사흑영수의 일원이었고 핵심 간부들도 전원 충실한 흑영신교도들이었다.

그들은 영무진을 점거하고 꾸준히 인간을, 영수를, 요괴를 잡아서 이 시설에 진행되는 연구에 쓸 수 있도록 공급해 주었다. 혈해검인과 핵심 간부들은 마인들이기에 잡아 온 자들 중 일부를 마공을 연마하기 위한 제물로 쓰겠다는 명목으로 빼돌려도 부하들은 그 진위 여부를 의심하지 않았다.

뇌원권마는 수군이 섬에 상륙하는 것까지만 확인하고는 지상의 상황을 관측하는 장비를 껐다. 형운의 능력이라면 기물에 의한 관측조차도 이곳을 포착하는 단서가 될지도 모른다는 우려 때문이었다.

“호법이시여.”

그의 뒤쪽에는 온통 검은 옷에 검은 태양의 문양이 그려진 가면을 쓰고 있는 자, 팔대호법 암천령이 서 있었다.

쌍둥이 둘의 영혼을 하나로 합일시킴으로써 완성된, 무공과 술법 양쪽 모두를 극단으로 익힌 흑영신교의 비밀 병기.

“뒤는 제가 맡겠습니다. 축지문을 파기해 주십시오.”

“그대는 교의 귀한 전력이다. 함께 가자.”

이 시점까지 살아남은 이십사흑영수들은 하나하나가 역전의 용사들이었다. 특히 혈해검인처럼 위장을 위한 활동을 하는 존재가 아니라 비밀 작전을 수행하는 자들의 능력은 과거의 팔대호법조차 능가할 정도로 성장했다.

그것은 흑영신교가 막대한 피해를 감수해 가며 진행해 온, 과거의 마교들의 힘을 해석하여 활용하는 연구 활동이 결실을 맺었기 때문이다.

또한 교주의 신격화가 진행되면서 그를 통해 이십사흑영수에게도 흑영신의 권능이 내려오고 있기 때문이기도 했다.

뇌원권마는 흔치 않은 뇌정벽력의 힘을 다루는 뇌원마공을 익혔으며, 술법에도 조예가 깊은 인물이다. 그렇기에 암천령의 감독하에 이 비밀 시설에서 중요한 연구를 진행하고 있었다.

뇌원권마가 말했다.

"그리 말씀해 주시니 감사합니다. 하지만 아시지 않습니까? 축지문을 파기하더라도 선풍권룡이 인과의 흔적을 쫓아 재앙을 집결시킬 가능성이 있음을. 제가 남아서 확실하게 흔적을 지워야 합니다."

"……."

"한발 먼저 흑암정토로 가겠습니다. 부디 대업을 이루시기를."

"…그곳에서 만날 날이 그리 멀지는 않을 것이다."

암천령은 그리 말하고는 수하들과 함께 연구 시설을 빠져나갔다. 그리고 뇌원권마는 이 시설 중앙에 존재하는, 끔찍한 사술을 위한 의식의 제단에 서서 그 주변을 둘러싼 열두 명의 교도에게 말했다.

"시작하지."

곧 의식이 진행되면서 열두 명의 교도는 검은 어둠으로 화해 의식 속으로 녹아버렸다.

그리고 제단 한복판에서 괴물이 눈을 떴다.

8

형운의 도움을 받은 수군은 파죽지세로 영무진을 돌파하

여 혈무호의 본거지가 있는 섬에 도달했다.

영무진 안에 위치한 섬은 세 개였고, 가장 큰 섬이 혈무호의 근거지였다. 수군은 세 개의 섬 모두에 병력을 상륙시켜서 샅샅이 수색하기 시작했다.

형운이 그들의 뒤를 따라서 섬에 발을 디뎠을 때였다.

쿠구구구궁……!

거센 땅울림과 함께 섬 한복판에서 어둠의 기둥이 솟구쳤다.

그리고 밤의 어둠 아래서 먹물 같은 어둠이 퍼져 나가 영무진의 안개를 검게 물들였다.

그 어둠에서 느껴지는 어마어마한 마기(魔氣)에 모두들 경악했다.

"정말로 흑영신교가 있었단 말인가?"

모용후 장군이 신음했다.

솔직히 형운이 들었다는 정보는 신뢰하기 어려운 것이었다. 형운 자신도 진위를 확신할 수 없었다고 한 데다가 혈해검인은 모진 고문을 받으면서도 끝까지 자신은 흑영신교도가 아니라고 부르짖었다.

하지만 지금 눈앞에서 일어나는 현상을 보니 그 정보가 사실이었음을 인정할 수밖에 없었다. 흑영신교가 아니고서는 그 어떤 마인 집단도 이런 어마어마한 현상을 일으킬 수 없을 테니까!

"모두 전투태세! 포수들은 화포를 조준하라!"

모용후가 전투명령을 내리는 사이, 사방으로 번져가는 어둠 속에서 기괴한 존재들이 일어나기 시작했다. 인간을 삐죽삐죽하게 왜곡시킨 것 같은 윤곽을 지닌 어둠의 괴물들이 붉은 눈동자를 빛낸다.

"마령귀!"

사령술로 마계의 기운을 퍼 올려서 만든 괴물이었다.

키키키킥, 키키킥……!

사악한 웃음소리가 울리며 그들이 수군을 향해 달려들었다.

수군은 상륙하면서 전투 준비를 완료하고 있었다. 그러나 지금의 사태는 전혀 예상 못 한 것이었기에 대응이 늦었다. 궁병들이 태세를 갖추기 전에 마령귀들이 상륙한 병사들을 덮쳤다.

키이이이이이!

마령귀가 펄쩍 뛰어서 병사에게 달려드는 순간이었다.

꽝!

한 줄기 푸른 섬광이 마령귀를 관통했다.

콰콰콰콰쾅……!

뒤이어 수십 줄기의 섬광이 일제사격으로 쏘아낸 화살군

처럼 마령귀들에게 작렬했다.

유성혼을 연발로 쏘아낸 형운은 놀란 병사들 사이로 당당하게 걸어 나갔다. 그 앞에서 어둠의 그림자가 일어났다.

온통 새카매서 입체감조차 느껴지지 않는 이질적인 어둠의 윤곽이었다. 그리고 그로부터 번져 나간 어둠이 사방의 색채와 입체감을 빼앗아가는 광경은 마치 한밤중의 악몽 같았다.

〈선풍권룡, 이곳을 네놈의 무덤으로 만들어주마.〉

사람의 윤곽을 띤 그림자로부터 불길한 목소리가 울려 퍼졌다. 마치 수십 명이 입을 모아 말하는 듯한, 그리고 그 모두가 심하게 쉬어 있는 듯한 불쾌한 목소리였다.

"으윽……!"

병사들이 휘청거렸다. 그 목소리에는 일반인이라면 듣는 것만으로도 혼절할 힘이 실려 있었기 때문이다.

형운이 중얼거렸다.

"혼원(混元)의 마수인가?"

그것은 예전에 귀혁에게 한번 격파당했던 흑영신교의 비술이었다.

직접 보는 것은 처음이었지만 어딘가 한서우를 떠올리게 하는 느낌이나 눈앞에서 드러나는 특성은 형운에게 확신을 주었다.

일월성신의 눈이 그의 실체를 보여준다. 적어도 수백 명의 생명이 그 안에 녹아들어 있음을 알 수 있었다.

그 생명의 주인들이 대부분 무고한 사람이었음을 짐작하기란 어렵지 않다. 형운이 분노로 이를 악물었다.

〈나는 위대한 흑영신을 섬기는 이십사흑영수의 일원, 뇌원권마라 불리던 자.〉

"뇌원권마!"

"저 마귀가 흑영신교도였는가!"

서장오와 모용후가 신음했다.

뇌원권마는 8년 전까지만 해도 하운국 남부에서 흉명을 떨치던 마인이었다. 용무문의 장로인 서장오는 물론이고 해룡성 수군으로 잔뼈가 굵은 모용후도 모를 수가 없는 이름인 것이다.

형운도 그 이름을 알고 있었다.

'뇌기(雷氣)를 다루는 뇌원마공을 연마했다고 했지.'

귀혁이 뇌극공(雷隙功)을 개발하는 과정에서 언급한 바 있었다.

뇌기를 다루는 무공은 정공과 마공을 모두 통틀어도 극히 드물다. 그렇기에 아무리 조악해도 존재 자체가 무학자들의 관심을 끌 수밖에 없는데 완성도가 일정 수준 이상이라면 말할 것도 없었다.

'여기서 그 재수 없는 마공의 명맥을 끊어주마.'

형운이 용암 같은 분노가 끓어오르는 눈으로 뇌원권마를 바라보며 광풍혼을 전개했다.

제169장

극치(極致)

성운을 먹는 자

1

흑영신교의 성지에서 세계 곳곳으로 이어지는 축지문은 대단히 귀한 자원이다. 성지의 힘으로 설치된 이 축지문은 이동 거리도, 유지 시간도, 이동 가능한 인간과 물질의 양에도 제약이 없는, 실로 신이 내린 기적이라는 말이 어울리는 보물이다.

이 보물의 문제는 정밀한 의식을 통하지 않으면 회수해서 다른 곳에 설치하는 것이 불가능하다는 것이다. 그저 파기하는 것만 가능할 뿐.

영무진의 비밀 기지에서 성지로 돌아온 암천령은 주저 없이 축지문을 파괴했다.

교의 보물을 파괴한다는 것이 너무나 안타깝기는 하지만 적들이 성지로 침입하는 것보다는 나았다.

그가 축지문을 파기하고 나자 성지에서 대기하고 있던 마인 술사들이 그 연결을 완전히 끊는 절차에 들어갔다. 그 과정에서 또 몇 명의 교도가 자신의 목숨을 희생해야 했다.

그들의 희생을 지켜보는 암천령의 가면 안쪽에서 흉흉한 분노와 살의가 뿜어져 나왔다.

'선풍권룡… 대업을 이루는 그날, 네놈은 지금까지 쌓은 악업을 후회하게 될 것이다.'

이 모든 것이 형운 때문이다.

자신을 희생하여 혼원의 마수로 현현한 뇌원권마가 연구시설의 흔적을 완전히 파괴하고 형운을 막아주겠지만, 그럼에도 형운이 이현에게 이어받은 유산으로 성지로 통하는 길을 찾아낼 가능성이 없지 않았다.

'뇌원권마, 네 희생을 결코 헛되이 하지 않으마.'

암천령은 지금쯤 영무진에서 시작되었을 싸움을 생각했다.

형운이 지닌 증오스러운 능력 때문에 그들은 그 싸움을 교주의 천리안으로도, 신녀의 예지로도, 술사들의 원견의 술법으로도 관측할 수 없다.

그러나 자신의 목숨을 대가로 형운과 맞서는 뇌원권마만은 할 수 있었다. 그는 지금의 형운이 지닌 전력이 어느 정도인지, 그 귀중한 정보를 흑영신교에 전할 것이다.

2

혼원의 마수가 되어버린 뇌원권마를 중심으로 퍼져 나가는 마기가 점점 더 강해지고 있었다.

밤인 데다가 자욱한 운무가 어둠에 물들기까지 하여 눈에 보이는 것이 거의 없다. 그러나 형운은 바닥을 타고 어둠이 번져가는 것을 알아차렸다.

"모두 물러나십시오! 바닥에 놈의 술수가 퍼져 나가고 있으니 거기에 걸려들면 목숨을 보장할 수 없습니다!"

형운이 사자후로 외치자 모용후 장군이 명령했다.

"전 병력 함선으로 후퇴!"

그는 수군에서 20년 이상 근무하며 실전을 수도 없이 치른 끝에 장군 자리에 오른 인물이었다. 갑작스러운 상황에서도 대응이 빨랐다.

〈벌레 같은 것들.〉

어둠의 영역을 퍼져가는 먹물처럼 확장시키면서 뇌원권마가 형운을 향해 걸어온다. 순식간에 반경 수십 장을 물들인 그 어둠 속에서 무수한 어둠의 윤곽들이 일어난다.

마치 그림자놀이를 보는 것 같다. 하지만 시각적으로 입체감이 없어 보일 뿐, 그들은 명확한 형체를 지닌 존재들이었다.

이 영역 속에서 일어나는 그들 모두가 뇌원권마의 분신이다. 혼원의 마수가 된 뇌원권마는 혼자이며 동시에 군단이었다.

형운은 왠지 선공을 취하는 대신 뇌원권마가 전투태세를 취하는 것을 지켜보고 있었다. 그러다가 문득 표정을 바꾸며 말했다.

"좋아."

〈음?〉

"저쪽으로 눕혀서 죽여주지."

형운이 한쪽을 가리키며 말하자 뇌원권마는 자기도 모르게 그곳으로 시선을 던졌다.

꽝!

그리고 운화로 공간을 뛰어넘은 형운의 발차기가 그의 방어 위를 강타했다.

"역시 예지력이 있군."

혼원교의 비술을 골자로 구현된 혼원의 마수는 예지력을 발휘한다. 그 예지력은 흑영신교 신녀의 예지처럼 영적인 영역에서 발휘되는 능력이 아니라 천라무진경의 예지처럼 통찰력을 극대화시킨 결과이기에 형운을 상대로도 발휘되었다.

〈놈……! 한 손이 열 손을 당할 수 있을 것 같으냐!〉

뇌원권마가 형운의 다리를 붙잡는 것과 동시에 사방에서 어둠의 괴물들이 덮쳐왔다.

투하하하하학!

공기가 찢어지는 소리가 길게 울리며 어둠의 괴물들이 산산조각 났다.

형운의 움직임이 너무나 빨라서 수십 발의 타격음이 하나로 겹쳐서 울린 것이다. 형운은 땅바닥에서 불쑥 솟구치는 어둠의 칼날들을 피해서 발끝을 땅에 꽂았다.

꽈과과광!

그리고 발차기를 날리자 그 앞쪽 수십 장의 지면이 뒤집어졌다.

〈크억……!〉

뇌원권마가 비명을 토했다. 그만이 아니라 이미 수십 장 넓이로 퍼져 나간 어둠의 영역이 통째로 옆으로 밀려나는 게 아닌가?

"맙소사."

보고 있던 자들이 숨을 삼킬 때였다.

크아아아아아!

혼원의 마수의 영역에서 일어난 어둠의 형체들이 저주의 힘을 담은 음공(音功)을 발했다.

기본적으로 이곳에 투입된 병사들은 모두들 무공을 익히고 있었다. 그러나 그 성취는 천차만별이었으며 대다수의 병사는 내공 성취가 그리 깊지 못했다.

"아아악……!"

"눈이, 눈이 안 보여!"

"귀가 찢어진다! 아악!"

내공이 깊은 자들은 진기를 끌어 올려 버틸 수 있었지만 일반 병사들은 그 외침을 듣는 것만으로도 괴로워하면서 주저앉았다.

모용후가 외쳤다.

"술사들! 방어 술법을 펼쳐주시오!"

수군은 바다의 요괴들과 싸워본 경험이 풍부했으며, 바다의 요괴들 중에는 노래로 사람을 홀리는 힘을 지닌 것들도 있었다. 그렇기에 술사들은 곧바로 저주의 음공에 대한 방어 술법을 준비했다.

하지만 술사들의 수는 적고, 그들이 한 번에 펼칠 수 있는 술법의 수는 한정되어 있다. 음공에 대한 방어 술법을 펼치는 대신 화살 등 외부에서 무언가 날아들었을 때 막아내는 술법은 해제할 수밖에 없었고…….

키키키킥, 키키키키키킥!

혼원의 마수로부터 포탄처럼 쏘아진 수십의 마령귀들이 배 위를 덮쳤다.

〈밤의 어둠 속을 전장으로 삼아야 하는 불행을 저주하라!〉

흑영신교도들은 어둠 속에서 능력이 극대화된다. 그저 어두운 곳에서만 싸워도 그럴진대 해가 져서 밤이 왔을 때라면 말할 것도 없었다.

철저하게 준비된 술법에 의해서 마기가 증폭되고, 그 속에서 계속해서 마령귀들이 소환되어 수군을 덮친다. 수군은 예상치 못한 적 때문에 혼란스러운 상황 속에서 필사적으로 싸워야 했다.

"크윽! 이래서야 선풍권룡을 도울 수도 없지 않은가!"

서장오가 마령귀들을 베어내면서 신음했다. 마령귀들이 어마어마한 속도로 소환되어서 덮쳐오는 상황에서 그가 배에서 이탈하면 병사들이 학살당할 것이다.

검기를 발출하여 세 마리의 마령귀를 한 번에 베어버린 그의 눈이 형운이 있는 곳으로 향했다.

수십에 달하는 어둠의 형체들이 마치 개미 떼처럼 형운을 둘러싸서 그의 모습이 보이지 않는다. 그 틈새로 형운이 두른 광풍혼의 빛이 비칠 뿐.

하지만 그것도 잠시였다.

"하아!"

형운은 광풍혼으로 음공을 방어하고, 격공의 기로 음공을 발하는 어둠의 형체들을 분쇄했다. 그리고 사방에서 숨 쉴 틈조차 없이 쏟아지는 어둠의 형체들의 공격을 폭풍 같은 움직임으로 분쇄하고 뇌원권마에게 일권을 날렸다.

콰르르릉! 콰과광!

순간 뇌원권마의 머리 부분에서 시퍼런 안광이 빛나더니 뇌전이 폭발했다.

〈자, 선풍권룡! 뇌원마공의 진수를 똑똑히 보아라!〉

혼원의 마수가 되기 전, 뇌원권마는 격공의 기를 다루는 경지에 도달한 고수인 동시에 고위 술법을 다루는 기환술사이기도 했다. 무공과 술법을 결합하여 어마어마한 위력을 발휘하던 그는 혼원의 마수로 화한 지금 예전에는 그저 이상으로만 여겼던 일들을 현실화할 수 있음을 깨닫고 환희를 느꼈다.

'그 대가가 이 목숨이라면… 선풍권룡 네놈에게 뇌원마공을 평생 떨치지 못할 공포로 새겨주마!'

뇌정벽력의 힘은 다루는 자가 흔치 않은 만큼 막강한 힘이다. 혼원의 마수가 된 지금, 뇌원권마는 자신이 발하는 뇌기가 대마수의 것 이상으로 폭증했음을 알았다.

'이 전장에서만큼은 무한에 가까운 힘을 다룰 수 있다.'

뇌원권마의 본체가 일순간에 발하는 힘은 형운에게 미치

지 못한다. 그러나 혼원의 마수가 지닌 힘의 총량은 한낱 인간의 몸에 담을 수 있는 것과는 비교도 안 되는 수준이며, 수십의 개체를 동시에 구현하여 힘을 한 번에 쏟아내는 것도 가능하다.

뇌원권마는 혼원의 마수를 만드는 비술을 연구하고, 구현하기 위한 재료를 꾸준히 마련해 온 인물이다. 그러니 혼원의 마수가 되었을 때 어떤 힘을 얻는지 알고는 있었다.

하지만 머리로 알고 있는 것과 실제로 그 상태를 겪는 것은 큰 차이가 있었다. 뇌원권마라고 할 수 있는 자아가 서서히 부서져 가는 괴로움과 공포, 그리고 그것을 대가로 샘솟는 힘을 휘두르는 환희가 교차했다.

"음……!"

폭발한 뇌전 너머에서 형운이 그를 노려보고 있었다.

뇌기는 기공의 상승 경지에 이르지 않으면 제대로 방어하는 게 거의 불가능한 힘이다. 심상경의 고수인 형운이라면 완벽하게 방어할 수 있겠지만 그렇다 하더라도 인간의 인식 한계를 초월하는 속도로 날뛰는 뇌전을 방어하는 것은 심력과 기력 양쪽을 크게 소모하는 일일 터.

'최초의 구현체와는 다르다. 지금의 나라면 선풍권룡을 쓰러뜨릴 수도 있다!'

귀혁과 싸웠던 첫 번째 혼원의 마수를 구현했을 당시 비술의 핵이 되었던 것은 쌍둥이였던 암천령의 반신이었다. 그는 영적으로 뇌원권마보다 훨씬 뛰어난 그릇이었기에 혼원의 마수는 예상 이상으로 강력한 면모를 보였다.

그러나 그때와 비교하면 혼원의 마수를 구현하는 비술의 수준은 월등히 향상되었다.

그 자리에서 즉시 의식을 치러야 했던 그때와 달리 미리 인간을 의식으로 쥐어짜 내어 추출해 둔 생명의 정수를 원하는 순간 융합시켜 구현할 수 있으며, 효율도, 힘의 총량도 훨씬 높아져 있다.

그리고 구현의 핵이 되는 존재가 팔대호법 암천령이었음에도 혼원의 마수 본연의 능력에만 의존해야 했던 그때와 달리 지금은 뇌원권마 본인의 무공과 술법 양쪽을 극한까지 발휘하는 게 가능했다.

확신할 수 있다. 지금의 뇌원권마는 귀혁에게 쓰러진 첫 번째 혼원의 마수보다 강하다.

꽈과과과광……!

뇌원권마를 중심으로 솟구치는 뇌광이 사방을 환하게 밝혔다. 그리고 그 빛이 꿈틀거리는 가지를 뻗어서 사방에서 일어난 어둠의 형체들과 이어진다.

그 뇌광이 너무 강해서 순간적으로 전장이 대낮처럼 환하게 밝아졌다.

"으윽! 이, 이런……!"

시선을 그쪽으로 향하고 있던 자들은 눈을 찌르는 듯한 격통에 비명을 질렀다. 그렇게 허점을 드러내는 바람에 마령귀에게 당해 버리는 자들이 속출했다.

"술사들! 방어하라!"

모용후가 도가 무공 특유의 선기를 최대한으로 뿜어내면서 다급하게 외쳤다.

혼란 통에서 서장오는 아연해졌다.

'이런 뇌기가 폭발하면… 몰살당한다!'

다른 사람을 지키기는커녕 그 자신도 살아남을 자신이 없었다. 유일한 방법은 뇌기가 폭발하기 전에 배를 방패 삼아 피하는 것뿐인데…….

'막아야 한다!'

서장오는 그 방법을 택하지 않았다. 그는 곁에서 싸우던 자신의 제자, 도운을 붙잡아서 배 뒤쪽 바다로 던져 버렸다.

"사부님!"

당황하는 도운의 목소리를 뒤로한 채 서장오는 혼원의 마수를 향해 뛰어들었다.

쏟아지는 뇌광을 막아내느라 정신이 없는 형운을 대신하여 자신이 혼신의 일격으로 뇌기의 순환을 끊는다!

'닿아다오, 제발!'

저 어마어마한 뇌기가 폭발하기 전에 힘의 구심점을 쳐야 했다. 중심부에 있는 뇌원권마는 어쩔 수 없지만 뇌기를 받아서 순환, 증폭시키고 있는 어둠의 형체들을 부순다면, 그래서 기술의 균형을 무너뜨린다면…….

〈연옥의 죄인들이여! 뇌원마공의 극의에 고개를 조아려라!〉

그러나 그가 막 검기를 발하는 순간, 뇌기가 폭발했다.

'아.'

서장오는 죽음을 직감했다.

방어는커녕 지금 혼신의 힘을 다해 검을 휘두르는 동작이 완성되기도 전에 모든 것을 새하얗게 불태우는 뇌광이 터져 나갔다.

꽈과과과과광……!

폭음이 터진 것은 전광이 주변을 휩쓸고 난 후였다.

뇌원권마를 중심으로 폭발한 뇌광이 반경 백 장을 휩쓸었다. 그 규모에 비해 순수하게 물질을 파괴하는 위력은 떨어지겠지만 생명을 지닌 자들은 뇌광이 전신을 관통하는 것을 느끼며 숨이 끊어졌으리라.

"……."

서장오는 혹시 자신이 꿈을 꾸고 있는 게 아닐까 의심했다.

그렇게 생각하지 않고서는 도저히 지금 상황을 믿을 수가 없었기 때문이다.

'어떻게 된 거지?'

분명히 뇌원권마가 일으킨 어마어마한 뇌전이 폭발해서 주변을 집어삼켰다. 혼신의 일격을 가하기 위해 뛰어들던 서장오는 방어조차 못 한 채로 그 뇌광에 직격당하고 말았다.

그런데 어째서 그는 멀쩡한 것일까?

〈뭐지?〉

흩어지는 빛 속에서 뇌원권마의 목소리가 울렸다.

〈어떻게 된 거냐?〉

그의 목소리는 경악과 불신으로 가득 차 있었다.

파지지직……!

어마어마한 기세로 폭발했던 뇌광은 서서히 흩어지고 있었지만 그 사이로 꿈틀거리는 뇌기가 날뛰고 있었다. 그 뇌기가 자신에게 향하는 순간 서장오는 흠칫했지만…….

'설마 환영이란 말인가? 그럴 리가 없는데?'

분명 뇌기가 자신의 몸에 닿았는데도 아무런 느낌도 없다. 마치 허상이 통과한 것처럼.

하지만 서장오의 기감은 분명히 그 뇌기가 실체임을 포착하고 있었다. 자신의 기감조차 속여 넘기는 고도의 환영 술법일 수도 있겠지만 이 상황에서 뇌원권마가 무슨 이득을 얻겠다고 그런 쓸데없는 술수를 부리겠는가?

"혼원의 마수."

그리고 그 앞에서 싸늘한 형운의 목소리가 울렸다.

"확실히 대단한 성능이군. 내가 아니었다면 이 자리에 시체가 산을 이루었겠어."

후우우우우……!

그리고 놀라운 일이 벌어졌다.

주변에서 사납게 으르렁거리던 뇌기가 모조리 형운을 향해 빨려 들어가는 게 아닌가?

뇌원권마가 믿을 수 없다는 듯 주춤주춤 뒤로 물러났다.

〈이럴 수가! 이, 이럴 리가 없다! 선풍권룡, 네놈이 어떻게 뇌령무극지경(雷靈無極之境)의 힘을!〉

그것은 실로 기괴한 광경이었다.

인간에게 두려움을 불러일으키는 형상을 한 어둠의 윤곽이 인간을 두려워한 나머지 너무나도 인간적인 동작으로 주춤주춤 뒤로 물러난다.

어둠 속에서 뇌기를 휘감고 빛나는 형운이 말했다.

"알 거 없어."

그리고 형운의 일권이 뇌원권마의 몸통에 꽂혔다.

3

어둠이 격렬하게 춤추고 있었다.

사위로 퍼져 나간 어둠 속에서 무수한 어둠의 형체가 일어나 형운을 공격한다. 사람처럼 생긴 형체들이 기공파와 뇌격을 쏟아내고 저주의 힘이 깃든 음공으로 물샐틈없는 포위망을 구축한 채로 한 사람을 몰아붙인다.

하지만 공격받는 자는 너무나도 담담하게 그 공세를 받아내었다.

펑!

일권을 날리자 푸른 섬광이 폭발하며 전방에서 달려들던 어둠의 형체들을 일거에 소멸시킨다.

콰르르릉!

뒤이어 그가 지나쳐 온 자리에서 뇌광이 폭발하면서 그 외의 방위에서 달려들던 적들을 날려 버리고, 전광석화처럼 이어지는 주먹과 발차기가 눈부신 기운을 쏟아내면서 사방을 초토화시켰다.

콰아아아앙!

한순간에 모든 공세를 분쇄하고 발을 들어 땅을 강하게 내리찍자 지축이 뒤흔들리는 충격이 퍼져 나갔다. 지면이 원형으로 터져 나가면서 그 위를 잠식했던 어둠이 갈가리 찢겨 나간다.

〈크아아아악!〉

뇌원권마가 비명을 질렀다.

그 광경을 보는 서장오는 달려드는 마령귀를 치열하게 베어나가는 와중에도 어딘가 현실감이 흐려지는 것을 느꼈다.

분명 혼원의 마수는 압도적인 힘을 보여주고 있다.

그가 처음 나타난 자리에서 마령귀가 계속해서 쏟아져 나와 수군을 덮친다.

반경 수십 장을 어둠으로 감싸고 그곳으로부터 온갖 어둠의 형체들이 일어나 동시다발적으로 형운을 덮친다. 그 움직임은 전광석화처럼 빨랐고, 내지르는 공격에는 뇌원권마가 연마한 무공의 진수가 담겨 있으며, 공격 사이사이로 시퍼런 뇌전이 연달아 폭발하니 만약 서장오가 저 자리에 서 있었다면 도저히 버텨낼 자신이 없었다.

'저 괴물은 다수를 학살하기보다도 강력한 개인을 잡기 위해 만들어진 것이다.'

아무리 봐도 다수를 상대하는 데 더없이 막강한 괴물이다. 모든 면에서 압도적이다.

그러나 지금 형운과 싸우는 모습을 보고 있노라니 진짜 목적은 범상한 다수가 아니라 특출하게 강력한 개인을 공략하기 위함이라는 느낌이 들었다.

상식의 잣대로는 잴 수 없을 정도로 막강한 고수를 쓰러뜨리기 위해 인간의 도리도, 자원의 투자 대비 효율도, 인간의 모습과 생명조차도 포기한 괴물.

그러나…….

〈이 괴물……!〉

괴물이 인간을 가리켜 괴물이라고 부르짖는다.

그것은 절규였다.

오직 한 사람을 쓰러뜨리기 위해서 모든 것을 희생했는데도 닿지 못한다. 쓰러뜨리기는커녕 무참하게 짓밟히고 있다.

"늘 생각하는 거지만 네놈들은 참 답 없이 오만해."

〈뭐라고?〉

"딴에는 정말 겸손하게 노력하고 있다고 생각하나 본데 정말 어이가 없어. 네놈들은 진보하는 게 자신들뿐이라고 생각하지. 일단 전력만 파악하고 나면 공략법만 궁리하면 된다고 생각하고."

형운은 한숨처럼 중얼거리면서도 끊임없이 뇌원권마를 분쇄했다.

어둠의 형체는 사방에서 일어나는 족족 격공의 기에, 기공파에, 의기상인의 덫에, 그리고 주먹과 발에 갈가리 찢겨 날아간다. 뇌원권마의 본체도 종잇장을 찢듯 팔이 끊어지고, 머리가 부서지고, 몸통에 구멍이 뚫렸다 재생하기를 반복한다.

뇌원권마는 온갖 수단을 동원하지만 하나도 통하지 않는다.

격투전은 마치 어른이 어린애를 데리고 놀듯, 수십의 형체를 만들어 덤비는데도 상대가 되지 않는다.

기공 대결은 시작하는 족족 압살당하고, 음공은 아예 통용되지 않는다. 비장의 무기였던 뇌격조차도 쏘아내는 족족 형운의 뇌령의 팔이 발휘하는 뇌령무극지경의 권능에 의해 강탈당하고, 천공기심 속으로 흡수당해 버린다.

〈크아아아악!〉

뇌원권마는 절규하며 보다 멀리 떨어진 곳에서 어둠의 형체들을 구현했다. 사람의 모습이 아니라 거대한 팔의 형상을 한 어둠의 형체들이 일어나서 거센 섬광을 뿜어냈다.

자신이 입는 피해를 도외시한, 자폭에 가까운 기공파 세례였다.

콰콰콰콰콰……!

혼원의 마수가 되기 전, 뇌원권마가 발할 수 있었던 전력을 훨씬 웃도는 일곱 줄기의 기공파가 형운을 노리고 쏘아졌다. 해군의 전투함도 일격에 소멸시킬 무시무시한 화력이 일점으로 집중된다!

"결국 이런 식으로 나오는군."

순간 형운을 감싸고 있던 광풍혼이 꺼지듯이 한 점으로 수축했다.

—광풍노격(狂風怒擊)!

뒤이어 청백색 섬광이 해일 같은 기세로 사방을 휩쓸었다.

광포하게 휘몰아치는 빛의 해일이 뇌원권마가 쏘아낸 일곱 기공파를 단번에 집어삼키며 울부짖었다.

'아, 이런……!'

서장오는 격전지에서 가까이 있던 것을 후회했다. 폭발하는 청백색 섬광이 그가 있는 지점까지 집어삼킬 것이기 때문이다. 순간적으로 전력을 다해 호신장막을 펼쳤지만 도저히 저 폭발력을 버텨낼 자신이 없었다.

콰콰콰콰콰콰!

그러나 그것은 기우였다.

형운이 발한 광풍노격은 뇌원권마가 어둠으로 잠식한 영역까지만 폭발적으로 확장되었을 뿐, 그때부터는 더 이상 확장되지 않고 용권풍처럼 소용돌이치며 하늘로 올라갔다.

"맙소사."

오늘 도대체 몇 번이나 형운을 보며 이 감탄사를 내뱉게 되는 것일까.

일순간 빛의 기둥이 세상을 분단하듯 하늘과 땅을 이으면서 주변을 환하게 밝혔다. 그로부터 느껴지는 폭풍 같은 기파에 서장오는 전율했다.

'정녕 이것이 사람의 내공으로 할 수 있는 일이란 말인가?'

도대체 내공 화후가 어느 정도여야 그럴 수 있는지 짐작조차 가지 않았다.

'어쩌면… 선풍권룡이야말로 일존구객 중에 최강일지도 모르겠군.'

절로 그런 생각이 들었을 정도로 어마어마한 위용이었다.

그리고 소용돌이치며 하늘로 올라가는 빛의 아래쪽에서 형운이 다시금 모습을 드러내었다.

"사부님을 상대해 보겠다고 물량과 화력에 치중하던 버릇을 버리지 못했군. 하지만 나는 그렇게 싸우자고 덤비면 환영이거든."

형운이 비웃자 뇌원권마는 미치광이처럼 울부짖었다.

〈말도 안 돼! 아무리 네놈이 9심 내공을 가졌어도 이럴 수는 없어!〉

흑영신교는 형운의 내공이 9심 경지에 도달했음을 알고 있다. 또한 일월성신의 특성상 그 내공이 동급의 내공을 지닌 귀혁과 나윤극의 것을 상회한다는 것까지도. 형운이야말로 흑영신교가 인정하는 강호 최강의 내공 보유자였다.

또한 흑영신교는 9심 내공의 힘을 아주 명확히 알고 있다.

흑영신교주 역시 신격화 과정에서 9심 내공을 이루었다.

뿐만 아니라 그들은 팔대호법에 한해서 일시적으로 9심 내공과 동급의 힘을 부여하는 비술까지도 개발 완료했다. 과거에 운강에서 선검 기영준과 일전을 치렀던 팔대호법 흑서령을 통해 선보였던 비술을 실패 없이 구현할 수 있는 수준까지 완성시켰던 것이다.

그렇기에 확신할 수 있다. 방금 전에 형운이 보인 한 수는 9심 내공으로 가능한 일이 아니다.

귀혁이 무극 감극도를 썼다면 가능할 것이다. 혹은 빙백설야공으로 기운을 담는 그릇을 다수 전개해 둔 상태였다면 납득할 수 있을 것이다. 그도 아니면 최소한 충분한 여유를 두고 힘을 모으기라도 했다면, 아니, 심상경의 절예를 촉매제로 삼아 폭발적인 힘을 발휘하기라도 했다면…….

그러나 형운은 그중 아무것도 하지 않았다. 격전 중의 한순간에 이런 힘을 발한 것이다.

"그런가?"

〈그래! 9심 내공이라도 불가능하다!〉

"그럼 너희가 내 내공을 잘못 알고 있나 보지."

〈뭐……?〉

형운이 툭 던진 한마디에 뇌원권마의 말문이 막혔다.

밤의 어둠보다도 짙은 혼원의 기운 속에서 형운의 모습이 괴물처럼 일그러져 보였다. 까만 어둠으로 뒤덮인 얼굴에서 흰 이빨을 드러내며 웃는 입만이 도드라진다.

"어차피 시간도 끌어야 하니 얼마나 재주가 좋은지 보려고 했는데… 더는 보여줄 재주가 없는 것 같군. 슬슬 끝내지. 구출 작업도 끝났으니."

〈뭐라고?〉

뇌원권마가 놀랐다.

동시에 그에게 예지가 찾아들었다.

'아.'

섬 지하에 있는 비밀 연구 시설의 인원들은 모두 빠져나갔다. 그리고 그가 섬을 나설 때만 해도 혈무호 대부분은 수군과 싸우다 죽거나 바닷속으로 도망칠 길을 찾고 있었다.

하지만 그때까지도 여전히 섬에는 많은 인원이 남아 있었다. 전투에 투입되지 않은 혈무호의 해적들과 밖에서 잡아 온 인간들과 영수들만 해도 50명이 넘는다.

그런데 그 모든 인원이 사라졌다.

혈무호의 해적들은 모조리 참살당했고, 밖에서 잡혀 온 인간과 노예들은 배를 타고 수군의 전투선으로 향하고 있었다.

형운이 뇌원권마를 상대하는 동안 가려가 그 일을 해냈던 것이다. 뇌원권마는 형운이 가려가 그 일을 해내는 데 방해가 되지 않도록 자신을 섬 한쪽으로 밀어내고 있었음을 깨달았다.

〈이놈! 나를 적수로도 보지 않았단 말이냐!〉

"여전히 답 없이 오만하구나. 내가 과연 너를 적수로 여겨야 하는지, 이 결과가 모든 것을 말해주고 있지 않나?"

짜적……!

분노에 몸을 맡기고 결사의 공세에 나서려던 뇌원권마가 주춤했다. 이곳에서 울리면 안 되는 소리가 울렸기 때문이다.

마치 얼음이 쪼개지는 듯한 소리가 그의 몸속에서 나고 있었다.

〈이, 이런……!〉

형운이 서 있는 곳을 중심으로 퍼져 나간 한기가 그의 몸을 단단히 얼려 버렸다. 몸의 표면을 동결시킨 얼음이 움직임을 방해하는 것은 물론이고 더 깊숙한 곳까지 침투해 오고 있었다.

"역겨운 목소리로 떠들어대는 걸 들어주기도 지쳤다."

형운은 일권을 내질러 눈앞의 뇌원권마를 파괴했다.

쿠우우우웅!

그리고 발을 구르자 얼어붙은 혼원의 마수의 몸이 충격으로 터져 나간다.

그 반동으로 허공으로 솟구친 형운이 소나기처럼 유성혼을 쏟아내기 시작했다.

콰콰콰콰콰……!

빛의 소나기가 쏟아져서 지상을 폭격하는 그 광경은 지켜보는 자들에게는 넋을 잃을 정도의 장관이었다.

〈선풍권룡!〉

뇌원권마가 절규하며 반격했다. 혼원의 마수로부터 어둠의 형체들이 일어나서 혼신의 기공파로 형운의 유성혼 세례를 받아쳤다.

한 형체가 일순에 발하는 힘에서는 뒤처질지언정 혼원의 마수의 여력은 대마수조차 능가한다. 화력만을 다툰다면 아무리 형운이라고 해도…….

'어째서?'

뇌원권마는 믿을 수가 없었다.

수십의 어둠의 형체가 일어나서 일제사격을 가하고 있다. 어둠의 마수를 이루는 힘을 급격하게 연소시키는 공세였다.

그런데도 형운의 화망(火網)을 밀어낼 수가 없다.

형운은 힘들어하는 기색조차 없었다. 일상적인 행동을 하듯 담담하게 양 주먹을 휘두르는데 한 번 주먹을 휘두를 때마다 그 궤적으로부터 수십 발의 유성혼이 쏟아져 나온다.

—나선유성혼(螺線流星魂) 일수백연(一手百聯)!

나선회전으로 위력이 배가된 유성혼이 소나기처럼 쉬지 않고 쏟아진다.

한 발 한 발의 위력만이 아니다. 공격의 수로도 압도당한다.

화망을 밀어 올리기는커녕 형운이 쏘아내는 기공파의 일

부만을 깎아내는 것이 고작이었다. 그의 화망을 뚫고 지상에 도달한 공격이 연달아 폭발하면서 그를 침몰시켜 간다.

'이럴 리가 없어!'

형운은 궁지에 몰리지 않았다. 굳이 기력 소모가 클 정도로 힘을 끌어 올리지도 않는다. 몇 시간이고 싸울 수 있을 정도로 여유롭게 진기를 순화시키면서 기공파 세례를 쏟아내어 혼원의 마수를 깎아낼 뿐이다.

'설마 선풍권룡의 내공은…….'

서서히 깎여 나가던 뇌원권마의 화망이 마침내 붕괴했다. 빛의 소나기가 여과 없이 그를 난타했다.

뇌원권마는 더 이상 발악하는 것조차 포기한 채 자신의 죽음을 지켜보았다. 그의 머리는 힘겹게 단 한 가지 사고만을 진행시키고 있었다.

'9심을 넘어, 10심의 경지를 이루었단 말인가?'

순간 한 줄기 빛으로 화한 형운이 자신이 쏘아낸 유성우보다도 빠르게 뇌원권마를 관통했다.

정확히는 오직 뇌원권마의 정신만을.

—유성무극혼(流星無極魂)!

그것으로 뇌원권마의 사고가 끊겼다.

무극의 권이 뇌원권마의 정신을 일순간에 파괴하자 혼원의 마수는 자신을 이루는 구심점을 잃고 붕괴해 갔다.

콰콰콰콰쾅……!

그리고 쏟아져 내린 유성우가 붕괴하는 그 육신을 세상에서 소멸시켰다.

형운은 그 폭발을 등지고 걸으면서 중얼거렸다.

"이미 사부님에게 깨진 시점에서 그 수단은 사부님은 물론이고 내게도 더 이상 못 써먹을 수단이었어. 네놈들이 진정 겸허하다면 그 정도는 알았어야지."

4

뇌원권마가 자신한 대로 혼원의 마수는 귀혁과 싸웠을 때보다 더 강력해졌다.

하지만 그래봤자 강점도, 약점도, 병기로서의 방향성도 그대로였다. 이미 귀혁이 싸움으로써 얻은 정보를 낱낱이 분석했으니, 그 알맹이를 전해 받은 형운 입장에서는 상대하기 쉬울 수밖에 없었다.

무엇보다 혼원의 마수에게 있어서 형운은 최악의 상성을 자랑하는 적이었다.

뇌원권마는 마지막까지 틀렸다.

형운의 내공 경지는 10심이 아니다.

그의 몸에는 일월성신의 진기로 이루어진 8개의 기심이 있다. 또한 다른 기심의 두 배 가까운 힘을 내며 빙백무극지경의 권능을 발휘하는 빙백기심이 있으며, 심상계를 통해 무한의 힘을 저장할 수 있으면서도 다른 기심과 동등한 힘을 발휘하는 천공기심도 있다.

이것만으로도 역사상 최초의 10심이다. 게다가 10심이되 10심을 초월한 힘이다.

거기에 형운에게는 설산에서 백야와의 만남으로 얻은 뇌령의 팔이 있었다. 이제 그의 왼팔은 뇌령무극지경의 권능을 발휘하는 열쇠가 되었으며, 동시에 기심이 아니면서도 기심과 동등한 힘의 증폭 장치 역할을 하는 기관이 되었다.

그러니 형운의 내공 경지는 사실상 11심이다.

또한 그 한 몸에 한없이 원기에 가까운 정순한 진기와 빙백무극지경, 뇌령무극지경의 권능을 모두 담고 있으니 무공의 경지를 제외하고 지닌 바 힘만을 평가해도 능히 신화의 존재들과 필적하는 기적이었다.

'흑영신교주.'

그래도 형운은 결코 자만하지 않았다.

지금의 그는 인간의 몸으로 대영수를 능가하는 힘을 얻었다. 어쩌면 단기전으로 승부를 낸다면 운룡족, 진조족, 풍혼족 같은 신수의 권속조차 쓰러뜨릴 수 있을지도 모른다.

하지만 귀혁이나 나윤극, 한서우 같은 이들을 상대로는 승산을 장담할 수 없다.

그것은 상성의 문제다.

형운은 역사상 신의 혈통이었던 백야 같은 존재를 제외하면 누구도 도달한 적 없는 경지에 이르렀다. 따라서 신의 권속들과 공방을 나누면서 기술이 의미 있는 상황을 만들어낼 수 있는 것이다. 인간들에게 초인이라고 불릴 정도의 힘이 없다면 신화의 영역에 도달한 자들과는 공방을 나누는 상황 자체가 성립하지 않는다.

그런데 귀혁이라면 형운과 공방을 나누면서 기술이 의미를 갖는 상황을 만들어낼 수 있다. 분명 신체 능력과 본연의 힘만을 따지면 형운이 귀혁을 압도하지만, 그렇다고 해서 기술이 무의미할 정도의 격차가 존재하지 않기 때문에 승산을 장담할 수 없다.

형운은 흑영신교주의 힘이 인간의 한계를 초월했으리라 짐작했다.

그렇게 생각하는 근거는 넘치도록 많았다.

흑영신교주가 귀혁과 분신으로 싸웠을 때 보인 힘만 해도 이미 경천동지할 수준이었다. 그리고 성운의 기재인 그가 그 후로 정체해 있었을 리 없다. 흑영신교가 사술로 이루어낸 모든 정화를 받아 소화해 냈으리라.

게다가 그는 낙성산 전투 때 이현의 술책으로 신격화의 과정을 거쳤다. 같은 일을 겪은 광세천교주가 윤극성에서 보인 신위를 생각하면 지금의 흑영신교주는 그 이상으로 강해졌으리라 예상하는 것이 안전하다.

'어쩌면 그놈이 다시 모습을 드러냈을 때는 나만이 막을 수 있을지도 모른다.'

형운은 어렴풋이 그 사실을 짐작하고 있었다.

흑영신교주는 결코 어리석지 않다. 귀혁과의 일전으로 자신을 성장시키기 위한 단서들을 한가득 얻었을 것이다.

다음에 나타날 때는 뇌원권마처럼 이미 통하지 않음이 증명된 방향성에 집착하는 우를 범하지 않으리라.

만약 흑영신교주가 광세천교주가 했던 것처럼 강신을 통해 인간을 초월한다면, 그리하여 청해군도에서 형운을 통해 강림했던 암해의 신처럼 다른 이들은 기술적 공방 그 자체가 불가능한 신위를 보인다면…….

'나밖에 없어.'

그렇다면 오직 형운만이 그에게 대적할 수 있는 열쇠가 될 것이다.

5

혼원의 마수로 화한 뇌원권마를 쓰러뜨리고, 마령귀를 소환하는 기환진을 파괴하자 전투는 일단락되었다.

수군은 가려가 구출한 사람들을 받아들이는 한편, 바다를 통해 도주를 시도하는 혈무호의 잔당들을 소탕했다.

수군은 바다 요괴와 싸운 경험이 풍부했기에 물 밑으로 도망치는 것만으로는 그들의 포위망을 피할 수가 없었다. 개중에는 밤바다의 어둠을 이용해서 어떻게든 도망치는 데 성공한 놈들도 있었지만 그 수는 얼마 되지 않았다.

섬에 남은 형운과 가려는 모용후 장군이 내준 병사들과 함께 섬을 수색했다. 하지만 성과는 없었다.

"아무래도 뇌원권마라는 놈은 증거인멸과 시간 벌기가 목적이었던 모양이군요."

철저하게 파괴된 지하 연구 시설의 흔적을 탐색한 가려가 말했다.

형운도 동의했다.

"그랬던 것 같네요. 증거를 남기지 않기 위해 이렇게까지 하다니……."

"축지문이 있었던 것이겠지요. 그렇지 않고서야 제아무리 흑영신교라고 하더라도 영무진 같은 곳에 대량의 인력과 물자를 갖다 놓고 이런 끔찍한 연구를 진행하면서도 그 위를 본거지로 삼은 해적 놈들에게 들키지 않았을 리 없습니다."

"아마 그렇겠지요. 축지문을 파기하고 흔적을 지울 시간을 위해서 나섰다는 건데… 꽤나 겁을 집어먹은 모양이군요."

하긴 그럴 만도 했다. 낙성산의 일을 겪었고, 윤극성에서 형운을 통해 구현된 이현의 유산으로 인해 광세천교가 멸망한 것까지 봤으니 극도로 몸을 사릴 수밖에.

그래도 별로 아쉽지는 않았다. 이곳에서 거둔 전과만으로도 흑영신교에는 크나큰 타격이기도 하고.

이십사흑영수인 뇌원권마는 흑영신교에게 있어서도 쉽게 소모할 수 없는 귀중한 인적 자원이었을 것이다. 또한 혼원의 마수는 그들에게 있어서도 하나하나의 가치가 대단히 높은 전술 병기였을 터. 모르긴 몰라도 수군이 하나의 함대를 잃은 정도의 피해는 되지 않을까?

더 이상의 수색을 포기하고 일어나는데 서장오가 다가오며 말했다.

"선풍권룡의 명성이 명불허전임을 알았네. 이런 말 하긴 그렇지만 현실감이 없을 정도군."

"명성 높으신 선배님께서 그리 말씀해 주시니 부끄럽습니다."

겸양하는 형운에게 서장오가 말했다.

"이것도 인연인데 본 문에 초대하고 싶군. 본 문과 척마대의 관계에 대해서도 이야기를 나눠볼 수 있을 것 같네만……."

그동안 척마대는 태극문이나 용무문처럼 천하십대문파로 불리는 강성한 명문대파의 영역은 피해서 활동했다. 그들은 중원삼국 전역에 명성을 떨치는 집단들인 만큼 자존심이 대단히 드높았으며 자신들이 패자로 군림하는 지방에서의 활동이 아주 활발했기 때문이었다.

그때 모용후가 나섰다.

"서 대협, 서운하군요. 우리도 그에게 혁혁한 도움을 받았는데 이렇게 선수를 치시면 제 입장이 곤란해지지 않습니까."

"허허, 그러고 보니 수군에서는 공로에 대한 포상 문제도 있겠군. 내가 차례를 양보하지."

"배려해 주시니 감사합니다. 선풍권룡 대협, 부디 초대를 받아주시지 않겠소? 이대로 가시면 우리 체면이 말이 아니니 부디 부탁드리오."

형운의 신위를 똑똑히 봐서인지 모용후의 태도가 한결 정중해져 있었다. 형운이 감히 나이나 배경만으로 짐작할 수 없는 존재임을 느꼈던 것이다.

"알겠습니다. 다만 제가 지켜야 할 약속이 있어 너무 오래 머물지는 못하는 것을 양해해 주셨으면 합니다."

"물론이오. 돌아갈 때는 기함에 함께 타고 갔으면 하는데 어떻소?"

"기꺼이 그러겠습니다."

형운은 모용후를 따라서 기함(旗艦)에 올랐다.

곧 제4함대가 귀환을 시작했다.

본래 12척으로 이루어졌던 함대였지만 한 척이 혈무호의 괴물에게 침몰하는 바람에 귀환하는 것은 11척뿐이었다. 그렇기는 하지만 그만한 규모의 함대가 밤바다를 가르며 나아가는 것은 대단한 장관이었다.

형운도 이 정도 규모의 함대에 타볼 기회는 처음이었는지라 감탄을 감추지 못했다.

모용후가 물었다.

"우리 함대가 어떻소?"

"아주 멋지군요. 이만큼이나 크고 많은 배가 모여 있는 것만으로도 대단한 장관입니다. 특히 영무진을 떠나 진형을 이루는 과정이 신묘했습니다."

"우리 함대는 실전 경험이 많은지라 뱃사람으로서도, 수병으로서도 정예라오. 일존구객의 칭찬을 들었으니 다들 뿌듯할 것이오."

그 말대로 갑판에 나와 있던 병사들은 다들 기분 좋은 표정을 짓고 있었다. 형운의 신위를 직접 보았기에 더더욱 만족감이 깊었던 것이다.

모용후가 말했다.

"전투선을 하나 잃은 것은 큰 손실이기는 하지만 혈무호 토벌에도 성공했고, 대협 덕분에 그놈들의 뒤에 흑영신교가 있었다는 사실도 밝혀내어 처치했으니 문책받진 않을 듯하오. 증거물이 될 만한 것도 수습했으니……."

형운이 심검으로 두 동강 낸 괴물의 사체가 가장 큰 증거물이었다. 마교에 대해서는 황실도 촉각을 곤두세우고 있기 때문에 이번 일은 대단한 공로가 된다는 것이 모용후의 설명이었다.

그의 설명을 경청하던 형운이 물었다.

"그런데 영무진은 저대로 내버려 두어도 되겠습니까? 저대로 내버려 뒀다가는 제2의 혈무호가 탄생하지 않을지……."

"확실히 골치 아픈 문제지. 하지만 인원을 상주시키기에는 또 멀리 떨어진 바다고, 드나들기가 너무 어렵소. 인근 해역에 관계가 좋은 영수 집단이라도 있으면 모르겠지만 그러기는커녕 요괴 무리만 가득하다 보니 어쩔 수가 없군."

모용후가 한숨을 쉬었다. 그들이 예전에 한차례 전력을 동원해서 토벌을 하고도 그곳을 방치해 둘 수밖에 없었던 것에는 다 이유가 있었다.

"어쨌든 수군통제사님은 물론이고 성주님과 운성왕자 전하께서도 기뻐하실 거요. 대협이 초대에 응해주셔서 그분들께도 면목이 서게 되었소."

"여기 운성왕자 전하께서 계십니까?"

"그렇다오. 이번 일은……."

모용후는 제4함대가 혈무호를 토벌하게 된 속사정을 들려주었다.

형운은 수군이 오랫동안 민생을 어지럽히던 그들을 내버려 두다가 황족의 분노에 무리해서라도 함대를 동원해 토벌에 나섰다는 사실에 씁쓸함을 느끼는 한편, 운성왕자에 대해서 호기심을 느꼈다.

'가연국이라.'

형운은 중원삼국을 두루 돌아다녀 보았지만 그 바깥 세상에 대해서는 책에서 읽은 지식만을 갖고 있었다. 중원삼국 말고도 안정된 문명사회를 구축하고 교역을 하고 있는 가연국의 귀인이 와 있다고 하니 호기심이 생겼다.

'운성왕자의 초대에 응하면 볼 수 있을까?'

6

암천령은 자신이 식은땀을 흘리고 있다는 사실을 깨달았다.

'괴물 같은 자.'

죽은 뇌원권마가 보고 느낀 기억이 성지로 전송되었다.

그것을 본 암천령은 뇌원권마가 느꼈을 공포와 절망에 절절하게 공감해 버리고 말았다.

암천령은 흑영신교가 수십 년의 노력으로 탄생시킨 비밀 병기다.

쌍둥이는 대마수의 혈손으로 흑영신의 은혜로 한 명은 무공에, 한 명은 술법에 천재적인 재능을 부여받았다. 수백 명을 희생시키는 지원을 받아가면서 그 재능을 개화했고, 둘 중 한 명이 죽음으로써 다른 한쪽과 합일하여 인간의 한계를 초월하는 존재로 거듭났다.

그 결과물인 지금의 암천령은 강해졌다. 만마박사에게 전투 능력에 한해서는 선대 교주조차 능가한다는 평가를 받을 정도로.

지금의 암천령, 그리고 백마를 기반으로 삼아서 계속해서 완성도를 높여가고 있는 암월령은 이제는 귀혁과 일대일로 싸워도 승산이 있다고 평가되는 비밀 병기다.

그런데… 형운을 상대로는 자신이 없다.

암천령과 암월령이 귀혁을 상대로 승산을 보는 것은 기술적인 측면에서는 뒤져도 신체 능력과 권능으로 우위를 점하기 때문이다. 인간으로서, 아니, 정상적인 생명체로서 누릴 수 있는 수많은 것을 포기하는 대가로 그 몸에 귀혁 같은 최고의 고수들을 상대하기 위한 요소들을 각인시켜 놓았다.

하지만 형운은 그런 요소들에 의존하는 자들에게는 천적이라고 봐도 과언이 아니었다.

귀혁을 상대하기 위해 준비한 것들은 형운을 상대로는 통용되지 않는다. 사부와 제자이면서도 둘의 특성은 완전히 다른 방향으로 뻗어나가 있었다.

'이제는 흉왕을 상대로도 통용되지 않겠지.'

흑영신교는 낙성산 전투에서 광세천교의 염마도 구윤이 쓰러지는 것을 보며 그 사실을 알게 되었다.

더 이상 화력과 물량으로 몰아붙이는 것만으로는 귀혁을 어쩔 수 없다. 나이가 들어 노쇠할 만도 하건만 귀혁은 끝없이 강해지고 있었다.

하지만 이제는 되었다. 귀혁을 상대하기 위한 노력들은 어쨌거나 흑영신교를 강하게 만들었다. 그리고 이제는 그에 대한 집착을 버릴 때다.

'다행이다.'

암천령은 형운에 대한 두려움과 함께 안도감을 느꼈다.

형운은 결코 전력을 보이지 않았을 것이다. 뇌원권마는 형운의 한계를 자극하기에는 턱없이 부족한 상대였으니까.

그러나 그가 감추었을 힘까지 고려한다고 하더라도…….

'교주님이라면 감당하실 수 있다.'

지금 이 순간에도 한없이 신에 가까워지고 있는 흑영신교주라면 이길 수 있다.

그 사실을 확신했기에 암천령은 두려움을 떨치고 웃을 수 있었다.

제170장
영수의 나라

성운을 먹는 자

1

형운은 화려한 연회 속에서 끊임없이 자신에게 다가오는 사람들을 웃는 낯으로 상대하다가 문득 생각했다.

'내가 언제부터 이런 게 익숙해졌더라?'

그의 나이도 어느덧 스물여섯 살이다. 해가 넘어가면 스물일곱 살이 된다.

영성의 제자로서 수많은 경력을 쌓았으니 이런 일에 익숙해지는 것도 당연하다면 당연할 것이다. 다들 수군이나 해룡성 관부에서 한자리씩 하고 있거나 달리 내세울 간판이 있는 자들을 능숙하게 상대하면서 형운은 왠지 낯선 느낌을 받았다.

"선풍권룡은 듣던 것보다 더 위엄이 넘치는군요."

"젊은 사람이라고는 생각되지 않을 정도입니다. 백전노장 같은 그런 차분하면서도 깊이 있는 느낌이 있어요."

"하하하. 다들 이번 작전에 동행하셨으면 그런 말씀도 못 하셨을 겁니다. 정말 대단했지요."

형운은 자신에 대해서 떠들어대는 소리를 들으며 속으로 쓴웃음을 지었다.

웃고 떠들고는 있었지만 정신적으로는 참 피곤하다. 이미 익숙한 일이기에 하루 정도 이런 자리에 참여한다고 해서 지치지는 않지만 해룡성에 와서 일주일째 이런저런 행사와 연회에 불려 다니고 있었으니 어쩔 수가 없었다.

괜히 초대에 응했나 싶었지만 이제 와서는 엎지른 물이었다. 앞으로 별의 수호자의 일원으로 살아갈 것을 생각하면 좋은 인맥들을 만들 기회인 것도 사실이었지만…….

'일하기 싫어서 여행 나온 건데 일하는 기분이라 싫다고!'

그래도 오늘 연회는 나와서 시달린 보람이 있었다. 운성왕자가 그와 제4함대의 지휘관들을 위해 열어준 연회였는데, 연회 전에 운성왕자와 개인적으로 점심 식사를 즐길 때 그가 가연국의 귀인과 만나게 해주겠다고 했던 것이다.

연회 분위기가 어느 정도 가라앉기 시작할 때쯤, 운성왕자가 보낸 시종이 형운을 이끌고 가연국의 귀인이 있는 곳으로 안내했다.

—누나, 바깥에서 기다려 주세요.

—괜찮겠습니까?

—누나 실력은 믿지만 가연국의 귀한 신분은 다들 영능(靈能)이 강한 혈통이라고 하니 주의하는 게 좋을 것 같아요.

형운은 가연국에 가본 적은 없어도 그곳에 대한 자료는 많이 읽어두었다. 별의 수호자도 종종 교역선을 보내는 곳이다 보니 자료는 제법 있었던 것이다.

—알겠습니다.

가려는 형운의 의견이 타당하다고 여겼기에 통로에서 대기했다.

시종의 안내를 받아 귀인의 방으로 들어가자 그윽한 향이 느껴졌다.

'이국의 향인가?'

약간 달콤하면서도 씁쓸한 향기는 그동안 접해보지 못한 향기였다.

안쪽으로 들어간 형운은 가연국의 귀인을 보고 흠칫 놀랐다.

"어서 오시지요, 선풍권룡. 바다 건너 우리나라에까지 위명이 자자한 대협객을 만나게 되어 영광이오."

약간 어색한 억양으로 말한 것은 인간이 아니었다.

하지만 형운이 놀란 이유는 그것만은 아니었다. 방에 들어오기 전부터 상대가 영수 혹은 영수 혼혈임을 알았으니까.

영수도, 마수도, 요괴도 수도 없이 보아온 형운조차 한 번도 본 적이 없는 존재가 눈앞에 있었다.

용인(龍人).

용의 얼굴과 사슴의 그것을 닮은 화려한 뿔, 자연계에 결코 존재할 수 없을 것 같은, 정제된 소금처럼 새하얀 광택이 흐르는 비늘, 그리고 사람을 닮은 몸을 지닌 8척 거구의 신령한 존재.

새하얀 비늘과 황금색 파충류의 눈, 정수리부터 뒷목까지 넘어가는 은빛 갈기털과 상아를 깎아낸 것처럼 하얗고 투명한 광택을 흘리는 화려한 뿔을 지닌 용인은 더없이 우아하고 아름다워 보였다. 몸에는 흰색 바탕에 은은한 청색 문양이 들어간 고급스러운 옷을 입었는데, 양 소매가 없이 팔을 드러내는 그 복식은 하운국 사람인 형운이 보기에는 다소 이질적이면서도 아름다웠다.

용인은 지닌 바 영력의 크기와 질은 대영수라 할 만했다. 게다가 그것으로 상대를 압박하지 않고 온화하고 편안한 느낌을 받도록 조절하는 것에서 대단히 세련된 기술을 엿볼 수 있었다.

'과연. 가연국은 인간이 아닌 존재가 조정에서 중요한 역

할을 맡고 국정을 좌우한다……. 책에서야 봤지만 이렇게 직접 보니 충격인데.'

중원삼국의 학자들은 가연국을 가리켜 이렇게 말한다.

'영수가 지배하는 땅.'

중원삼국에서 영수들은 사회에 속하지 않은 자들이다. 나라에서 그들에 대해 지배권을 행사하지 않고 세금을 받지도 않으며, 따라서 관에서 그들을 보호하지도 않으니까. 그저 일부 조직이나 영수들이 관계를 맺고 있을 뿐이었다.

그러나 가연국의 영수들은 모두들 가연국의 일원이다. 그들은 국법의 지배를 받으며, 또한 국가의 일에 영향력을 행사하는 자들이다.

가연국 황실은 중원삼국 황실과 달리 신의 가호를 받지 않는다. 대신 머나먼 과거, 신의 혈통을 이은 자들과 영수들, 영수 혈통이 긴밀하게 지배계급을 구축한 나라다.

신의 가호를 받는 인간들이 신화의 존재들을 토벌하여 인간 중심의 문명을 구축하고, 영수들은 문명의 바깥에서 살아가게 된 중원삼국과는 대조적인 형태의 국가인 것이다.

'그리고 이 사람들은… 이게 영신단(靈身團)인가?'

형운은 용인의 뒤쪽 벽에 시립해 있는 인간 무사를 보며 생각했다.

사회의 형태가 다르니 문명의 형태도 다르다. 중원삼국과 가연국의 공통점은 사회 구성원 중 인간이 가장 많다는 점과 같은 문자를 쓴다는 점뿐이었다. 삼국의 황실을 가호하는 신수들의 신성한 합의에 의해 공용어를 쓰고 있는 중원삼국과 달리 가연국은 언어가 다르다.

그렇게 큰 차이가 존재하는 만큼 무공과 술법도 다른 면모를 보였다.

가연국의 무사들은 기심법이 아니라 영신단이라 불리는 비술을 무공의 근간으로 삼는다.

뿐만 아니라 그곳에는 기환술사가 존재하지 않아서 술법조차도 영신단을 바탕으로 발달했다고 한다. 그것은 영신단이 그저 생명력을 이용하는 것만이 아니라 영적 기운까지 이용하는 비술이기 때문이었다.

'머리, 심장, 그리고 신체 중심의 상중하에 하나씩 3단, 그리고 본래 사람이 지닌 영신(靈身)을 전신(前身)이라 하여 또 하나의 영신인 중신(中身)을 구성하고 거기에 중첩하여 다시 3단, 그리고 거기에 또 마지막으로 후신(後身)이라 불리는 영신을 구성하여 최종적으로 9단의 경지를 이룸이 궁극이라 하였던가.'

하지만 형운이 본 책의 내용으로는 실제로는 6단의 경지를 이룬 자조차 극히 드물다고 했다.

만약 영신단에서 정의한 단(團)의 개념이 기심과 비슷하다면 무공의 수준은 중원삼국보다 떨어지는 셈이다. 무학의 심오함이란 최종적으로 도달할 수 있는 경지가 어디냐에 대한 가설이 아니라 현실에 존재하는 무사들의 수준으로만 증명할 수 있는 법이니까.

여기까지의 생각은 길었지만 찰나에 이루어졌다.

형운은 놀란 표정을 수습하고 예를 표했다.

"실례를 범했습니다. 별의 수호자의 형운이라고 합니다. 가연국의 귀인을 뵙게 되어 영광입니다."

"아니오. 본인의 외모가 이곳에서는 이질적임을 알고 있으니 괘념치 않으셔도 되오. 운성왕자께서도 처음 만났을 때는 한참 동안 할 말을 잊고 바라보기만 하셨다오."

상대의 말씨는 다소 어색했지만 목소리는 듣기만 해도 기분이 좋아지는 미성이었다. 문득 형운은 한 가지 사실을 깨달았다.

'용인도 성별이 있군.'

상대는 여성이었던 것이다.

"가연국 황실의 세 번째 날개, 아르한의 루안이오. 삼국의 말로 번역하자면 백린(白鱗) 일족의 루안쯤 되겠군. 우리 일족은 황실을 구성하는 아홉 황족 중 하나라오."

"제 짧은 식견으로도 들어본 적이 있는 이름이군요. 백룡을 상징으로 삼는 일족이라 들었는데 설마 용인의 일족인 줄은 몰랐습니다."

"삼국에는 우리나라에 대해서 아는 사람이 거의 없는 것으로 아는데 우리 일족에 대해서 알고 있다니 놀랍구려."

"제가 삼국을 두루 돌아다니다 보니 이국에 관심이 많아 찾아보았습니다. 하지만 공부가 부족해서 많이 알지는 못합니다."

"하운국 황실과 우리가 교류한 지도 채 백 년이 되지 않았으니 당연한 일이오."

해룡성이나 청운성부터 출항하여 가연국까지 닿기까지는 항해가 순탄해도 한 달 이상 걸린다. 둘 사이에 왕래가 없던 것도 당연했고, 교류가 시작된 것도 지극히 우연적인 사건이 계기가 되어서였다.

그로부터 백 년 가까이 지난 지금까지도 둘의 교역은 그리 본격적이라 할 만한 수준이 아니라서 중원삼국에는 가연국에 대해서 별로 알려진 바가 없다. 가연국의 말에 능통하고 풍습을 이해하는 인재도 희귀했다.

루안이 말했다.

"삼국의 소식이 우리 쪽까지 닿기까지는 꽤나 시간이 걸리는 편이긴 하지만, 요 몇 년간 귀하의 명성은 자주 들었소. 난

세도 아닌 이 시기에 놀라울 정도로 젊은 나이에 삼국의 천하를 대표하는 열 명의 협객 중 하나로 이름을 올렸다고."

"허명만 높아져서 부끄럽습니다."

"겸손하시군. 그리고 본인이 당신의 이름을 자주 들은 것은 삼국의 풍문을 통해서만은 아니었소."

그 말에 형운은 의아함을 느꼈다. 가연국에서 삼국의 풍문 말고 자신에 대해서 들을 일이 어디 있단 말인가?

"천계의 존재들도 당신의 이름을 언급하더군."

형운은 깜짝 놀랐다. 가연국 황실은 신의 가호를 받지 않는다고 들었는데 천계와 소통 창구가 존재한단 말인가?

루안이 노래하듯이 말을 이었다.

"삼신궁에서 삼신 모두를 만나 공을 치하받은 인간. 그리고 그 공은 광세천이라는 대신격(大神格)을 지상에서 패퇴시킨 것이라!"

그녀는 유쾌한 듯 웃었다.

"이는 실로 신화적인 위업이오. 고백하자면, 본인이 본국을 떠나 하운국에 오는 대사의 역할을 자처한 것은 운성왕자의 인품이 마음에 들어 친교를 나눌만 했고, 삼국에 대한 호기심이 있기 때문이었지만 하운국 황실을 통해 당신을 만나볼 수 있을 것이라는 기대감이 있기 때문이었소. 이런 식으로 만나게 되어 정말 기쁘고 영광이라오."

"그건 전혀 상상도 못 했군요."

"혹시 본국이 어떤 구조인지 알고 있소?"

"삼국 바깥에서는 가장 발달한 문명국이며, 섬나라라고 부르기에는 너무 거대한 땅이라는 것을 압니다."

"그 정도만으로도 많이 알고 있는 것이오."

루안이 미소 지었다.

하운국 사람들에게 있어서 가연국은 남해 저편의 섬나라다. 하지만 그 실체를 아는 사람들은 가연국을 섬나라라고 부르는 것이 과연 옳은 일인지 고민한다.

가연국이 위치한 본토의 면적은 하운국과 필적하는 수준이고, 동쪽 바다 너머에는 또 그 절반 정도의 면적을 지닌 '떨어진 땅'이 불과 하루 거리에 존재하고 있으며, 서쪽에는 또 총면적이 떨어진 땅과 필적하는 다섯 개의 섬으로 이루어진 오성군도가 있다.

직접 가본 자들은 그곳이 섬이 아니라 또 다른 대륙이라고 불려야 한다는 사실에 동의할 것이다.

"본국이 지배하는 국토는 본토의 7할 정도지. 오성군도와는 나쁘지 않은 관계를 유지하고 있소. 하지만 떨어진 땅과는 천 년 동안이나 전쟁이 끊이지 않았지."

떨어진 땅이라는 명칭은 실제로 신화시대에 신들의 싸움으로 인해서 그곳이 본토에서 떨어져 나갔기 때문에 붙여진 것이라고 한다.

“그곳은 사악한 두 신을 섬기는 자들과, 아직까지도 죽지 않은 신화의 존재가 지배하는 땅이오. 두 교단이 각각 하나의 나라를 이루고 있고 신화의 존재가 지배하는 요괴와 마수의 영역이 존재하지.”

그러니까 흑영신교나 광세천교 같은 마교 집단 둘이 하운국의 절반쯤 되는 영토를, 청해군도의 요마군도 비슷한 집단까지 해서 셋으로 갈라먹고 국가를 이루고 있다는 소리다.

‘섬뜩하군.’

상상만으로도 끔찍한 기분이었다.

“본국의 숙적이지. 셋이 서로 사이가 나빠서 다행이오. 그렇지 않으면 본국의 사정은 말이 아니었을 터.”

“셋이 사이가 나쁜 것은 이쪽의 마교와도 비슷하군요.”

“광신이라는 것이 그렇지 않겠소? 다른 가르침을 인정할 수 있다면 이미 광신이 아닐 테지.”

“정말로 그렇습니다.”

형운이 쓴웃음을 지었다.

만약 흑영신교와 광세천교가 공통된 목적을 위해 서로 손잡을 수 있을 정도로 유연한 집단이었다면 세상은 지금과는 완전히 다른 형태를 하고 있을지도 모른다.

“본인이 당신에게 흥미를 지닌 것은 본국에 그런 사정이 있기 때문이기도 하오. 사실 본인만이 아니라 황실의 많은 이가 호기심을 갖고 있지. 그래서 이번 일은 경쟁률이 높았다오. 그런데 내가 찾아갈 것도 없이 이렇게 당신이 나를 찾아와 주다니 정말 큰 선물을 받은 기분이오."

루안이 눈을 빛냈다.

"당신이 본인을 보고 놀랐듯, 본인도 당신을 보고 놀랐소. 당신이 처음 이 방에 들어왔을 때, 본인은 인간이 아니라 영수가 들어왔는가 의심했다오."

그만큼 형운이 풍기는 영기(靈氣)가 짙었다. 형운이 작심하고 감추지 않는 한 영수나 그 영수의 혈통을 이은 자라면 느낄 수밖에 없을 정도로.

그리고 대영수라 불리기에 충분한 영격을 지닌 루안은 굳이 탐색할 것도 없이 그 영기만으로도 형운이 지닌 권능의 격을 짐작해 볼 수 있었다.

'가장 짙은 향기를 풍기는 것은 뇌기(雷氣)와 음기(陰氣). 이 정도 질이라면 어쩌면 그 양쪽의 권능이 신통(神通)에 닿아 있을지도 모르지.'

그녀가 말하는 신통이란 영신단에서 정의한 경지로서, 중원삼국의 술사들이 이야기하는 무극지경과 동등한 경지를 의미했다.

"당신의 무용담을 들을 수 있겠소? 운성왕자께서 말씀하시길 아마도 삼국에서 대신격을 섬기는 광신의 무리들에 대해서 가장 잘 알고 있는 인물 열 명을 꼽으면 반드시 당신이 들어갈 것이라고 하시더구려."

"그 정도는 아닙니다만 그들과 싸운 경험이 많은 것은 사실입니다. 하지만 과연 무엇부터 들려 드려야 할지 막막하군요. 궁금하신 것을 말씀해 주시면 답해 드리겠습니다."

루안은 기뻐하며 자신이 아는 어렴풋한 지식을 확인하듯 이것저것을 물어왔고, 형운은 하나하나 성의 있게 대답해 주었다. 그런 한편 그녀의 질문 속에서 궁금한 점이 생겨날 때마다 자신도 질문을 던졌고, 루안 역시 흔쾌히 그 의문에 답해주었다.

그렇게 얼마나 시간이 흘렀을까?

"이런. 어느덧 밤이 깊었군."

루안이 아쉬움이 역력한 기색으로 말했다. 형운과의 대화가 워낙 즐거웠던 탓이다.

그녀가 물었다.

"내일도 저녁에 찾아와 주시지 않겠소? 괜찮다면 식사를 함께했으면 하오만."

"그러도록 하겠습니다. 마침 저도 내일은 따로 일정이 없는 참이니까요."

운성왕자가 열어준 연회에 참석하는 것으로 이런저런 자

리에 참석해야 하는 일정은 마무리된 참이었다.

무엇보다 형운도 그녀와의 대화가 예상 이상으로 즐거웠기에 기꺼이 초대에 응했다.

2

다음 날 점심, 형운은 다시 한 번 운성왕자와 식사를 함께하게 되었다.

현 황제의 넷째 아들인 운성왕자는 형운과 세 살 차이밖에 나지 않는다. 형운보다는 좀 작아도 잘 단련된 장신이었고 격식에 구애받지 않는 호방한 성품의 미남자였다.

그는 첫 만남부터 형운에게 호감을 드러냈다. 혈무호를 토벌하고 그 이면에 존재하던 흑영신교까지 끄집어내어 없앤 공로 때문이기도 하겠지만, 그보다는 형운이 중원삼국을 두루 둘러보았다는 사실에 흥미를 느껴 그에 대한 이야기를 청해왔다.

"루안 공과의 만남은 어떠했는가?"

"놀랐습니다. 이제껏 많은 영수를 봐왔지만 용인이라니……."

"자네가 놀랐다니 귀띔해 주지 않은 보람이 있군."

운성왕자가 껄껄 웃고는 말했다.

"우리 황실을 가호하는 운룡의 위세 때문에 삼국에서는 용족을 찾아보기가 어려웠지. 그들은 신격의 용으로부터 태어난, 신화로부터 이어져 내려온 혈통이니. 가연국에서도 귀하게 여겨지는 일족이다. 저들의 황실은 계승 구조가 좀 특이해서, 제왕의 좌가 혈통으로 이어지는 것이 아니더군. 심지어 제위에 50년이라는 임기가 존재해서, 황제가 능력이 출중하고 건강해도 그 임기를 다하면 무조건 물러나야 한다."

"그럼 어떻게 황실이 유지됩니까?"

중원삼국 사람인 형운으로서는 상상도 못 해본 이야기라 눈을 휘둥그레 뜰 수밖에 없었다.

운성왕자는 형운이 흥미를 보이자 신이 나서 설명해 주었다.

"루안 공의 일족인 아르한을 포함한 황실의 아홉 날개라 불리는 아홉 일족이 천신제라는 의식을 통해서 황제를 선출하지. 그들의 황실에는 신의 가호가 없으나, 신화로부터 혈통을 이어온 그들에게는 의식과 영능을 통해 천기를 짚어내는 능력이 있어 그 시대에 어울리는 제왕의 그릇을 찾아낸다고 하더군. 우리에게는 생소하지만 그 방법이 틀리지 않았음은 가연국의 역사가 천 년이 넘는 것이 증명해 주는 셈이겠지."

"허어……."

중원삼국을 두루 돌아다니면서 온갖 문물을 접해온 형운

에게도 신기한 이야기였다.

운성왕자가 말을 이었다.

"우리 입장에서 보면 이상하지만 그들의 사회구조를 보면 타당한 방식이라고 생각한다. 가연국 황실의 아홉 날개는 모두 신령한 영수 일족이고 인간 입장에서 보면 너무나 장수하는 존재지. 루안 공도 일족에서는 비교적 젊은 축에 드는데도 100살이 넘었고 6, 700살이 넘은 살아 있는 역사서 같은 존재들도 수십 명이라는군. 그런 곳에서 우리 황실과 같은 방식으로 제위를 유지하는 것은… 일개 부족이나 소국이라면 통용될지 몰라도 우리 하운국과 필적하는 영토를 지닌 문명국을 통치하기에 어울리는 방식은 아닐 것이다."

가연국은 일족을 이룬 영수들이 귀족으로 대접받는 사회다. 하지만 영수의 수가 적으니 그들만으로는 그만큼 거대한 국가를 유지할 수 있을 리 없었다.

그들은 지속적으로 인간과 결합해 왔다. 영수 일족에 속한 영수 혈통이 천 년을 넘는 세월 동안 계속 늘어나다 보니 이제는 가연국 사람들에게는 많든 적든 영수의 피가 흐르고 있다고 봐야 할 정도가 되었다.

'아, 그래서였나.'

어제 루안의 뒤에 시립해 있던 호위무사는 영수의 혈통이라고 알아볼 수 있을 정도로 영수의 특성이 드러나진 않았지만 영기를 풍기고 있었다.

당시에는 영신단의 특성이라고만 생각했는데, 그의 가계에 영수의 혈통이 있고 대를 이으면서 그 피가 옅어졌다고 생각하면 더욱 납득이 갔다.

운성왕자가 말했다.

"사실 우리 황실에서는 가연국과의 교류를 확대하는 것을 탐탁지 않게 여기고 있다. 아무래도 그들의 사회구조가 어떠한지 세상에 알려지면 혼란을 초래할 수도 있다고 보는 것이겠지. 교류가 시작된 지 백 년이 지났는데도 이토록 소극적인 교역만이 이루어지고 있는 것도 그런 이유다."

"그렇군요."

"이런 입장은 가연국 황실도 마찬가지다. 서로 사회의 형태가 이질적이다 보니 자신들의 지배 구조에 악영향을 끼칠 것을 두려워하지. 그런 한편 서로의 문물에 대한 관심은 깊기 때문에 교류 자체는 계속해서 이어지는 것이고."

운성왕자는 불만스러운 표정으로 혀를 찼다.

"나 개인적으로는 마음에 안 들지만, 그 방침에 합당한 근거가 있음은 이해한다. 그리고 나 자신에게도 그런 상황이 좋게 작용하기도 했지. 사실 난 어린 시절부터 제위에는 관심이 없고 넓은 세상을 두루 둘러보는 것이 꿈이었으니."

"그러셨습니까?"

형운이 놀란 기색으로 묻자 운성왕자가 웃었다.

"직계 황손 중 넷째라는 위치가 참 애매하지. 제위를 노릴 수 없는 위치는 아니지만, 자네도 알다시피 내 형님들과 누님은 별달리 흠 없는 분들이시거든. 셋째 형님은 대놓고 제위에 관심 없으니 운벽성주 자리나 서방장군 자리는 자기 거라고 시위 중이시긴 하지만."

그래서 운성왕자는 철이 들기도 전에 제위를 노리겠다는 생각은 깔끔하게 포기하고 마음이 이끄는 길을 찾았다.

"위진국 대사나 풍령국 대사도 생각해 보기는 했지만, 둘 중 하나만을 택해야 하는 데다가 왠지 삼국은 어디를 가든 내가 꿈꾸는 모험을 떠난다는 생각이 들지 않았어. 물론 자네의 모험담을 들으니 내 생각이 짧았다는 생각도 들기는 하지만……."

운성왕자는 형운이 위진국과 풍령국을 돌아다니며 겪은 일들을 이야기해 주자 너무나 좋아했다. 그는 한곳에 안락하게 머물기보다는 자신이 모르는 미지의 세계를 모험하고 싶어 하는 사람이었다.

"그래도 가연국을 택한 것을 후회하진 않는다. 자네도 알다시피 가연국은 삼국 바깥에서는 정말 보기 드문 문명국 아닌가?"

중원삼국은 바깥세상을 탐색하기를 소홀히 하지 않는다.

천 년 이상이나 유지되면서 문명을 발전시켜 온 그들은 그럴 만한 여유가 충분했으니까.

하지만 많은 노력에도 불구하고 그들이 발견한 문명사회는 몇 되지 않았다.

하운국과 풍령국의 북방에는 설산과 설원만이 있었다. 그곳만을 넘어가면 땅끝이었고, 북빙해(北氷海)에는 문명의 흔적조차 없고 그저 인간 외의 존재들만이 원시적인 삶을 살아갔다.

하운국 서방은 중원삼국 입장에서 보면 아득한 고대의 모습이 고스란히 유지되고 있는 야만의 땅이었다.

그 속에 하운국과 관계를 맺은 두 개의 소국이 있기는 했지만 그들의 문명은 중원삼국에 비해 낙후되었으며 영토는 하운국의 일개 성보다도 작았다. 또한 국력도 약해서 위기 때마다 하운국에 공물을 바쳐가며 도움을 요청할 지경이었다.

대등한 교류를 할 의미를 찾아낼 수 있을 정도의 문명국은 광활한 야만의 땅 너머, 수만 리 저편까지 가야만 존재했다.

하운국과 그 나라는 서로의 존재를 인식했지만 교류하지는 못했다. 교류하기에는 둘 사이에 가로놓인 거리가 너무 먼 데다가 야만의 땅이 거대한 장벽처럼 기능했으므로.

위진국과 풍령국의 동쪽, 청해군도보다 더 먼 바다 저편에 무엇이 있는지는 아무도 몰랐다. 그곳에는 영원장벽이라 불리는 끝없는 해일이 솟구쳐서 항로를 차단하고 있기 때문이었다.

삼국의 황실에 신수의 일족이 경고한 바로는 그곳은 이 시대의 인간에게는 아직 허락되지 않은 영역이라고 한다.

세계의 사정이 이러하니 서로를 인정할 만한 문명을 이루었으며, 교류가 가능한 가연국은 중원삼국 입장에서도 실로 귀중할 수밖에 없다.

"지금은 아니지만 미래에… 아마도 지금 이 시대가 아니라 보다 후대에는 내가 유지하고 있는 가연국과의 끈이 아주 중요해지는 때가 올 거라고 나는 믿는다. 그들에 대해 알고, 그들의 말을 익힌 인재들을 준비하는 것은 분명 의미가 있을 것이다."

중원삼국에는 가연국의 말과 풍습에 능통한 인재가 희귀하며, 운성왕자는 하운국 황족 중에서는 유일하게 그 조건을 충족시키는 인물이었다. 어쩌면 위진국까지 통틀어도 황족 중에서는 유일할지도 모른다.

'황족치고는 참 대하기 편한 사람이다 싶었더니, 과연 모험심이 강하고 편견이 없을 수밖에 없는 사람이었구나.'

하긴 깐깐하고 권위적인 인물이었다면 바다 건너 머나먼 이국과 왕래하며 그들과 친밀한 관계를 구축할 수 없었을 것이다.

형운은 운성왕자가 마음에 들었다. 격식을 따지지 않고 호방하며, 자신의 여행담에 눈을 반짝반짝 빛내는 모습은 소년처럼 순수했지만 세상에 대한 인식이 명쾌하고 자신이 하는 일에 대해서 강한 사명감과 의지를 가진 사람이었다.

한참 동안 형운의 이야기를 청하고, 자신이 이야기를 하기를 반복하던 운성왕자가 문득 아쉬움을 드러냈다.

"아, 이런. 슬슬 자네를 보내줘야 할 시간이로군."

그도 형운이 루안과 저녁 식사 약속을 잡았음을 알고 있었다. 운성왕자는 태도를 은근하게 바꾸며 말했다.

"부탁이 하나 있다."

"말씀하시지요."

"실은 루안 공은 삼국의 무공에 아주 깊은 흥미를 갖고 있다."

순수한 영수의 일족인 그녀에게는 사실 무공이 큰 의미를 갖지 않는다. 어차피 익힐 수 없는 기술이니까.

"하지만 그럼에도 그녀는 무공을 깊게 알고 싶어 하더군. 이론적인 부분이 아니라 실체적인 면에서."

운성왕자도 가연국의 무공에는 흥미가 있었다. 그래서 친교를 나누는 과정에서 운성왕자를 호위하는 위사들과 그녀의 호위무사들이 겨룬 적도 여러 번이라고 했다.

"나와 루안 공이야 즐거웠고, 친교를 다졌지만… 흠. 내 위사들과 저쪽의 호위무사들의 사이는 조금 험악해졌지."

운성왕자가 쓴웃음을 지었다. 아무래도 무사들 입장에서는 양국의 자존심을 걸고 싸운 것이니 그럴 수밖에.

직계 황손이며 운성왕자를 호위하는 이들의 무공 수준은 상당히 높았다. 가연국 무사들과의 전적이 30전을 넘었는데 승률이 7할에 달했다고 한다.

"하지만 딱 한 명한테만은 당해낼 수가 없었다."

가연국 황실에서 내준 호위대에 속하지 않은 루안의 개인 호위무사.

아르한 일족의 방계 혈족으로 영신단의 중신을 대성한 자.

"내가 믿는 위사들이 그에게만은 속수무책이었지. 그가 가연국 무사들의 자존심을 세워준 덕분에 서로의 관계가 최악까지는 아니었지만……."

운성왕자의 말을 듣던 형운의 표정이 묘해졌다.

"전하께서는 제가 그를 꺾어서 하운국 무공의 자존심을 세워주길 바라시는 게 아닙니까?"

"서론이 너무 길었으니 그렇게 오해할 만도 하군. 그건 아니다. 사실 나는 자네가 그와 싸우지 않고 넘어갔으면 좋겠지만, 아마 루안 공이 바랄 것이다. 그녀의 성품상 아마 대단히 매력적인 선물을 준비하면서 간곡히 청할 것이야. 그 부탁을 거절하면 그녀에게 큰 결례가 될 테니 부디 받아들이되 상대의 자존심을 배려해 주었으면 한다."

즉 운성왕자는 형운의 승리를 확신하고 이런 부탁을 하는 것이었다.

형운은 의아함을 감추지 못했다.

"루안 대사는 어째서 그렇게까지 삼국의 무공에 흥미가 깊은 겁니까?"

"무공에 대한 것이 삼국과 가연국의 가장 큰 차이 중에 하나이기 때문이지. 지금까지 설명했으니 알겠지만 가연국은 영수들이 지배하는 나라이며, 따라서 지배계급이 지배 구조를 유지하는 무력은 인간이 터득할 수 있는 기술에 기반하지 않는다."

영수들의 술법은 인간들의 술법과 발전 과정 자체가 달랐다. 공통분모가 많기는 하지만 그것은 역사적으로 기환술사들과 영수들이 꾸준히 교류하면서 술법의 이론을 확립해 왔기 때문이다.

"가연국은 우리와는 상황이 달라서 술법 체계가 기환술과는 이질적인 형태다. 영수들은 인간이 아니라 영수들끼리 교류하면서 자신들의 영능을 극대화하는 방향으로 술법을 발전시켰고 이것은 아예 인간이 터득할 수가 없는 기술이지. 이렇게 된 것은 그들의 역사가 우리와는 완전히 다르기 때문이었다."

중원삼국에서는 미력한 인간의 몸으로 강대한 존재들과 싸워야 했기에 무공과 기환술이 발전했다.

그러나 가연국이 성립한 배경은 인간의 투쟁이 아니었다. 선한 의지를 지닌 강대한 존재들이 연약한 인간을 위한 울타리를 세우는 과정이었다.

"영신단을 기반으로 하는 가연국의 무공은, 사실은 인간을 위한 것이 아니다."

"네? 하지만 그건……."

"물론 그것은 영수는 익힐 수 없고 인간만이 익힐 수 있지. 하지만 인간이 강해져야 했기에 탄생한 기술이 아니라는 의미다."

영신단은 지배계급을 위한 힘이었다.

영수 일족의 혈통을 이은 인간은 혈통으로 인해 영능을 지닌다. 하지만 영수들이 보기에 그들의 영능은 크게 열화된 형태였다.

따라서 그들이 무사로서, 정확히는 지배계급다운 위엄을 갖춘 무사로서 쓸모 있기 위해서는 그들의 힘을 발전시킬 수 있는 기술이 필요했다.

"그 필요성이 영신단을 탄생시켰지. 그런 탄생 비화가 있어서인지 애당초 영수의 혈통을 이은 인간이 아니면 입문 자체가 어렵다고 하더군. 불가능할 정도는 아니지만……."

영신단이 무공만이 아니라 술법의 바탕이 되기도 하는 이유도 거기에 있었다.

"그런 것치고는 또 무공의 경지 그 자체는 삼국의 무공과 신기할 정도로 닮은 구석이 있는데, 그건 또 영신단이 순수한 연구로만 탄생한 힘은 아니라서 그랬다고 한다."

"순수한 연구로만 탄생한 힘이 아니었다니, 무슨 의미인지 잘 짐작이 안 가는군요."

"아직 현계와 천계와의 연결이 활발했던 과거에… 최소한 800년 이상 이전의 과거에 천계에 공물을 바치고 우리 쪽의 무공 지식을 얻었다는군. 삼국의 무공이 영신단을 탄생시키는 기반이 되었고, 향후 어떻게 발전시켜 나가야 할지에 대한 이정표 역할을 해준 것이지."

"아……."

"그런 사정이 있기에 가연국에서 무공과 술법은 지배계급의 힘이다. 귀족 가문을 제외한 민간에서 그들이 조직화되질 않았어."

중원삼국들처럼 무인들이 문파를 이루고 자신들의 무공을 연구, 계승하는 일이 없다. 아예 국법이 그런 집단을 허락하지 않는 것이다.

"루안이 무공에 관심을 갖는 것은 무공이 영신단의 기반이 되는 원천 기술이라는 것과, 인간이 순수하게 기술을 연마하는 것으로 대영수조차 능가할 수 있다는 사실 때문이다. 이것이 가연국의 사회구조를 뒤흔들 수 있는 가능성이기 때문인지 아니면 순수한 학구열인지까지는 나도 모르겠지만… 어쨌든 그녀의 관심을 충족시켜 주되 호위무사의 자존심도 배려해 주길 바란다. 어려운 요구지만 자네라면 할 수 있을 것이라고 믿고 부탁하는 것이다."

"알겠습니다."

형운이 고개를 끄덕였다.

3

과연 루안은 형운과 저녁 식사를 즐긴 후, 한참 동안 양국의 문물에 대하여 담소를 나누다가 무공에 깊은 흥미를 드러내었다.

하지만 그녀의 부탁은 형운이 예상했던 것과는 달랐다.

"선풍권룡, 당신이 아는… 운성왕자의 위사보다 확실히 강하며 삼국에서도 고절함을 인정받을 정도의 인간 무사를 초빙하여 내 호위무사와 겨루게 해주지 않겠소? 어려운 일이겠지만 부탁을 들어준다면 섭섭지 않게 보상하겠소."

"의외로군요. 제가 직접 겨뤄주길 바라실 줄 알았습니다."

"아, 혹시 운성왕자에게 관련된 이야기를 들었소?"

"제게 부탁하실지도 모른다고 하시긴 했습니다."

"그랬군. 아무래도 운성왕자가 내 의도를 좀 오해한 모양이구려. 삼국 안에서의 신분과는 관계없이 본인은 그대를 대단히 격이 높은 존재로 생각하오. 본인의 흥미 때문에 무공을 보이길 요구하는 것은 무례가 될 수도 있을 것 같소. 그리고……."

루안은 잠시 머뭇거리더니 쓴웃음을 지으며 말을 이었다.

"당신은 분명 강하겠지. 인간으로서 무공을 연마하여 고절한 경지에 올랐을 것이오. 하지만 동시에 당신은 본인이 경의를 표할 수밖에 없을 정도로 영격이 높은 존재이기도 하오."

"혹시 순수한 인간이 무공을 연마해서 어느 정도의 경지를 이룰 수 있는가, 그것이 보고 싶으신 겁니까?"

"당신에게는 실례되는 말이지만, 그렇소."

형운이 쓴웃음을 지었다.

그는 순수한 인간으로 태어나 지금의 경지를 이루었으나, 그 과정에서 여러 기연을 얻어 순수한 인간이 단련하는 것만으로는 결코 얻을 수 없는 권능들을 얻은 것도 사실이었다. 신령한 존재인 루안이 보기에 형운은 이미 자신들과 비슷한 존재로까지 보이는 것이다.

형운이 물었다.

"대사의 부탁은 들어드릴 수 있습니다. 하지만 궁금하군요. 왜 그렇게까지 '순수한 인간의 무공' 에 관심을 두십니까?"

"마공(魔功) 때문이오."

"네?"

이것은 또 예상치 못한 대답이라 형운이 놀람을 드러냈다.

"어제도 이야기했다시피 우리와 끊임없이 전쟁 상태를 유지하는 '버려진 땅' 들의 무리들은 사악한 신을 섬기는 광신도들이오. 이들은 본국과 달리 인간을 주축으로 한 집단이지. 그런데 이들이 본국에 큰 위협이 되는 이유는 바로 마공 때문이오."

그들의 마공 역시 영신단을 기반으로 한다. 하지만 같은 기반을 두고 있는데도 그들의 강함은 압도적이었다.

"마공은 연마 과정 자체가 천인공노할 짓이지만 순수하게 효율만을 따지면 무서울 정도지. 설령 태생이 뛰어나 천부의 자질을 지녔다고 할지라도 영신단의 전신을 통달하고 중신에 입문하는 데는 최소한 10년이 걸린다고 하오. 평균적으로는 20년 이상의 시간이 필요하지. 하지만 그들은 순수한 인간이라도 4, 5년 만에 그 경지에 도달해 버리오."

따라서 정공(正功)으로는 마공(魔功)을 당해낼 수 없다.

그것이 가연국 무학계의 정설이었다.

"다행히 본국에는 전투에 능한 고위 영수들이 많고, 또 귀한 혈통을 이어 그 잠재력을 개화하는 것으로 정공의 한계를 뛰어넘은 경지를 이룬 무인들도 있어 그들을 잘 막아내 왔소. 하지만 불쌍한 내 조카는 그렇지 못하여 마인의 손에 죽고 말았지."

언니가 인간과 맺어져 낳은 조카를 루안은 무척 귀여워했다.

학문이나 술법보다는 무공에 재능이 있던 그 조카는, 루안이 보기에는 정말로 어린 나이에 군문(軍門)으로 장래를 결정했다. 그리고 가연국 내부에 침투한 광신의 무리와 맞서다가 목숨을 잃고 말았다.

그 일로 루안은 크나큰 마음의 상처를 입었다. 인간이 연약하게 태어나고 강해지는 것에도 태생적 한계가 뚜렷함을 안타까워하던 그녀는 운성왕자를 통해 중원삼국의 무인들에 대한 이야기를 듣고는 깜짝 놀랐다.

순혈의 인간이 무공을 연마하는 것만으로도 마공을 연마한 마인을 능가할 수 있다.

그것은 가연국에서는 상상도 할 수 없는 일이었기 때문이다. 이미 조카를 잃은 것도 20년이 지난 과거였지만 루안은 왠지 그것이 진실인지, 어떻게 그런 일이 가능한지 알고 싶었다.

'아…….'

형운은 그녀의 말에서 중원삼국과 가연국이 걸어온 길의 차이를 보았다.

'어쩌면 가연국은 이 땅의 다른 모습일지도 모르겠구나.'

지금의 중원삼국이 이루어진 것은 당연한 결과가 아니다. 역사적으로 기적 같은 우연들이 크게 작용한 끝에 지금의 세계가 만들어진 것이다.

그리고 별의 수호자는 그 역사에 크나큰 영향을 끼친 집단이다.

성존이 성운단(星運丹)을 만들어냈기에 신화시대의 종말은 적어도 수백 년 이상 앞당겨졌다.

그리고 성존을 중심으로 모인 별의 수호자의 연단술사들이 연단술을 발전시켜 만들어낸 온갖 비약이 인류의 힘을 강하게 만들었다. 극히 희귀한 자연상의 영약만이 유일한 희망이었던 고대와 달리 다양한 비약이 양산되어 보급됨으로써 무인들은 굳이 마공에 기대지 않아도 충분히 심후한 내공을 가질 수 있게 된 것이다.

별의 수호자의 무인들이 그토록 강함은 그 수혜를 가장 직접적으로 입는 존재들이기 때문이다. 무인들의 평균적인 내공 수준을 기준으로 별의 수호자를 능가하는 것은 천하십대문파에게도, 황궁에게도 불가능한 일이었다.

하지만 만약 인류 역사에 성존이라는 존재가 출현하지 않았다면 어땠을까?

별의 수호자가 없어도 인류는 연단술을 발전시키기는 했을 것이다. 하지만 그 발전 속도는 지금과는 비교도 안 되는 수준이었을 터.

그 점에 대해서 별의 수호자는 확신을 갖고 있었다. 당장 중원삼국에는 독자적으로 연단술을 연구하는 집단들이 수두룩했지만 그들과 별의 수호자의 격차는 감히 비교하는 것이 실례가 될 정도로 컸으니까.

그 이유가 성존이라는 초인이 있어서임은 명백했다.

별의 수호자의 연단술이 이토록 발전할 수 있었던 것은 성존에게서 단편적인 지식을 전수받고 그가 만들어낸, 시대를 아득히 앞서가는 기적의 산물을 표본으로 삼아 연구한 덕분이다. 성존이 없었다면 별의 수호자도 없었고, 지금의 연단술도 없었으며…….

'극히 일부의 예외를 제외하면 정공으로는 마공을 당해낼 수 없었겠지.'

중원삼국의 무공 또한 가연국과 마찬가지 처지였을 것이다.

거기까지 생각하던 형운이 고개를 끄덕였다.

"알겠습니다. 원하시는 조건에 맞는 고수를 준비하지요."

"정말이오? 고맙소. 운성왕자가 고수와의 인맥은 자신보다도 강호에서 명성을 떨치는 당신이 훨씬 나을 것이라고 했는데 정말 그런가 보구려."

무공이 민중의 것이 아니며, 따라서 진정한 고수들은 대부분 권력자들의 세계에 속해 있는 가연국의 황족인 루안으로서는 긴가민가할 수밖에 없었던 사항이었다.

"시간이 얼마나 걸리겠소?"

"당장에라도 가능합니다."

"어떻게 그럴 수가 있소?"

놀란 루안의 물음에 형운이 빙긋 웃었다.

"제 일행이 루안 대사께서 바라시는 조건을 갖춘 고수이기 때문이지요."

4

루안은 즉시 운성왕자에게 부탁하여 고수들이 비무를 펼칠 만한 장소를 물색했다.

그리고 비무 사실이 외부에 드러나지 않도록 운성왕자의 호위로 하여금 주변을 경비하게 하고, 루안 자신이 술법을 펼쳐 차음결계를 설치하는 등 완벽한 준비를 갖추었다. 이 모든 일에 고작 한 시진이 소요된 것은 권력의 힘을 보여준다 할 수 있었다.

형운이 연무장에 모습을 드러낸 것은 준비가 완료되었다는 기별을 받고 나서였다.

루안만이 아니라 운성왕자도 비무를 보기 위해 나와 있었다. 그리고 둘을 호위하는 무인들도.

그들이 술렁였다.

“가면을 썼군.”

“존귀하신 분들 앞에서 감히…….”

형운을 따라온 것은 가려였다.

하지만 그녀는 맨얼굴을 드러내지 않고 매끈한 흰색 가면을 쓰고 있었다.

“조용.”

묵직한 영력이 실린 루안의 한 마디에 술렁거리던 이들이 입을 다물었다.

“이 자리는 내가 선풍권룡 대협에게 특별히 청하여 만든 것이다. 이 일을 두고 감히 예의를 논하는 일이 없도록 하라.”

그녀의 말은 실로 단호해서 감히 항변할 여지조차 주지 않았다.

문득 가려가 시큰둥한 전음을 보냈다.

—우리 분명 휴가 중이었지요.

—음, 그렇죠.

—그런데 저는 왜 업무명령을 듣고 이런 자리에 나와 있는 걸까요?

—미안해요. 잘 부탁해요.

형운은 상큼한 웃음으로 화답했고 가려는 가면 속에서 작게 한숨을 쉬었다. 그리고 모두가 주목하는 한복판으로 걸어 나갔다.

"삼국의 고수라. 운성왕자의 호위들보다 더 약해 보이는데?"

루안의 옆에 서 있던 남자가 작게 중얼거리면서 마주 걸어 나왔다.

형운과 가려는 그의 말을 알아듣지 못했다. 삼국의 말이 아니라 가연국의 말이었기 때문이다.

"라이간. 얕보지 마라. 선풍권룡 대협이 내가 바라는 조건에 부합한다고 장담한 인물이다."

"아, 죄송합니다, 이모님."

라이간은 척 봐도 영수의 혈통을 짙게 이어받은 남자였다.

외모는 20대 후반이나 30대 초반 정도로 보였다. 키는 형운보다도 한 뼘 정도는 큰 장신이었으며 머리는 검었지만 피부는 백옥처럼 희었고, 황금색 눈동자에는 은은한 광채가 어려 있었다. 또한 양 손등부터 팔목 위쪽까지 루안의 그것과 같은 비늘이 자라나 있었다.

여성인 루안의 것과는 모양새는 달라도 양팔을 어깨까지 시원하게 드러내고 흰색 바탕에 은은한 청색 문양이 들어간 이국적인 양식은 닮은 의복을 입은 그는 마치 영수처럼 강력한 영기를 휘감고 있었다. 그를 가만히 바라보던 형운이 낮게 탄성을 흘렸다.

'이것이 영신단의 중신, 그 완성에 이른 경지인가?'

일월성신의 눈이 영신단의 실체를 본다.

상단, 중단, 하단의 3단에 진기가 비축되어 있고 다시 거기에 물질적인 공간 개념을 초월하여 또 하나의 영신이 겹쳐져 3단을 형성한다. 6단이라 하면 기심법의 6심과 비등할 것이라 추측했으나 실상은 좀 달랐다.

'진기의 질이 지극히 영적인 기운을 품고 있다. 저 정도면 진기에 심상을 더하는 것만으로도 영수와 비슷한 영능을 행할 수 있겠군.'

아무리 봐도 순혈의 인간을 위한 기술이 아니다. 영수의 혈통을 이어받지 않고서는 제대로 연마하는 것이 가능하기나 할지 의문이다.

'보통 인간보다 훨씬 많은 선천진기를 지니는 것은 물론이고 영력까지 갖춰야만 대성할 수 있겠는데?'

게다가 주변에 서 있는 루안의 호위무사들을 보니 중신이라는 경지 자체가 크나큰 벽 같다.

기심법이라면 3심 다음에는 4심을 이루면 그만이다. 물론 기심이 하나 늘어날 때마다 이루기 어려워지지만, 기심을 형성하는 것 말고 다른 문제가 존재하진 않는다.

하지만 영신단의 전신과 중신 사이에는 극단적인 벽이 자리하고 있었다.

'3단 아니면 6단이라니…….'

루안의 호위들은 전신만을 이루어 3단에 머문 자들과 중신을 이루어 6단에 도달한 자들로 나뉘었다.

즉 중신을 이루는 것 자체가 대단히 어려우며, 일단 중신을 이루고 나면 6단을 이루는 것은 어렵지 않다는 뜻이다.

'중신을 이룬 시점에서는 6단까지 가는 것이 문제가 아니라 중신 그 자체와 중신의 3단을 키우는 것이 문제인 거군. 기심법과는 과정이 완전히 달라.'

기심법도 형성한 후에 기심 그 자체의 완성도를 높여가는 과정이 필요하다. 하지만 내공을 논할 때는 기심의 수가 절대적인 지표가 되고 기심 하나하나의 완성도가 미치는 영향은 상대적으로 작았다.

하지만 영신단은 다르다. 중신을 이룬 자들을 보면 중신의 3단의 완성도가 엄청나게 차이가 났다.

라이간의 내공은 저들 중 최고다. 그만이 전신의 3단과 중신의 3단이 똑같이 진기로 충만했으니까.

라이간이 가려를 가만히 바라보다가 말했다.

"삼국의 검객이여, 시작할까?"

놀랍게도 그는 루안보다도 능숙하게 삼국의 말을 썼다.

—언제든지.

가려는 목소리를 내는 대신 전음으로 대답했다. 본래의 목소리와는 다르게 저음으로 울리는 목소리였다.

라이간이 흠칫했다.

'영능도 아닌데 모두에게 들려?'

전음인데도 그 자리에 있는 모두에게 마치 육성을 낸 것처럼 실체감을 갖고 전달된다. 그것만으로도 라이간이 긴장하기에 충분했다.

라이간은 가연국에서 천재라 칭송받는 무인이었다. 용인의 혈통을 이어받은 혼혈 1세대로 막대한 선천진기와 뛰어난 신체를 타고났으며, 영감이 뛰어나서 상대를 보는 순간 기질을 간파하는 능력이 있었다.

그래서 가려를 보는 순간 흥이 팍 식는 기분이었다. 가면을 쓰고 그럴싸하게 분위기만 잡았지 별로 강한 상대가 아닌 것 같아서.

하지만 방금 전의 전음으로 생각이 달라졌다.

'내 감각을 속일 정도의 고수란 말인가.'

그가 검을 뽑아 들자 가려도 검을 뽑아 들었다.

먼저 움직인 것은 라이간이었다. 잠시 옆으로 기우뚱한다 싶더니 벼락처럼 달려들었다. 실로 섬전 같은 돌진이었다.

쩡!

순간 라이간이 튕겨 나갔다.

어느새 검을 앞으로 겨누고 있던 가려의 자세가 바뀌어 있었다. 그리고 사람들이 그 자리를 망막에 새기는 순간, 가려의 모습이 흐릿해지더니 비틀거리는 라이간의 옆으로 와 있었다.

투학!

검끼리 부딪치며 불꽃이 튀었다.

채채채채챙!

질풍 같은 검투(劍鬪)였다.

"윽……!"

라이간이 신음했다.

그가 가려보다 훨씬 장신이었고 용인의 후예이기에 기본적인 신체 능력도 탁월하다. 실제로도 가려보다 그가 더 빠르게 움직이고 있었다.

그런데 도무지 가려를 밀어붙일 수가 없다. 그러기는커녕 형편없이 밀려난다.

'이 검술은 대체 뭐지?'

마치 허상과 싸우는 기분이다. 분명 여기다 싶어서 받아치려고 하면 절묘하게 그의 검세와 교차하며 빈틈을 베어온다. 기겁하며 동작을 거두어 방어하는 일이 반복되다 보니 맥이 탁탁 끊기면서 답답함이 엄습해 왔다.

'기괴한 검술이군. 그럼 기공은 어떤지 볼까?'

어디까지나 친선 비무이기 때문에 둘 다 손속에 사정을 두고 싸우고 있다. 지금의 검투는 서로의 실력을 가늠하는 탐색전이다. 어느 정도 탐색이 끝났으니 이제부터는 본실력을 드러낼 때다.

라이간이 허공섭물과 의기상인으로 가려를 압박하기 시작했다. 그러자 가려 역시 자연스럽게 허공섭물과 의기상인으로 맞서면서 기공전이 벌어진다.

"음……!"

"대단하다!"

기공전을 알아볼 실력이 있는 자들이 신음했다.

라이간의 무공 경지는 루안의 호위자들 중 최고였다. 운성왕자 휘하의 위사들 중에서도 고수들이 있었으나 라이간에게는 아무도 당해낼 수 없었다.

격투전에서 압도적인 강세를 보이는 데다 기공전에도 강하다. 허공섭물과 의기상인을 손발을 다루듯 능수능란하게 다루는 라이간과 맞서서 그 진짜 실력을 끌어내는 데 성공한 자조차 없었다.

그런데 가려는 너무나 수월하게 받아낸다.

"크윽!"

라이간이 신음하며 뒤로 물러났다.

신체 조건이 우월하니 일단 압박을 가하면서 몰아치면 무너뜨릴 수 있을 것 같다. 그러나 가려는 도무지 그럴 기회를 주지 않았다.

'제기랄, 기척을 잡을 수가 없다. 분명 눈앞에 있는데… 어떻게 된 거야? 의기상인에 당한 것은 아니야. 기감은 완벽하게 방어해 내고 있는데!'

기회를 잡고 몰아치려고 하면 가려의 검이 허깨비처럼 그의 검세를 뚫고 날아온다. 그 검격에 실린 기운이 워낙 날카로운 데다 절묘한 지점을 찔러와서 물러나지 않을 수가 없었다.

기공전도 답답하기는 마찬가지다. 가려는 그의 공세를 허깨비처럼 흘려 버리고 있다. 차라리 격렬한 공방이 이루어지고 있으면 모르겠는데 이리 나오니 이 공방에서 누가 우위를 점하고 있는지조차 알 수 없었다.

우우우우우……!

약이 오를 대로 오른 라이간의 눈이 빛나면서 거센 기파가 뿜어져 나오기 시작했다.

"네가 고수라는 것은 충분히 알았다. 하지만 이 정도로는 만족할 수 없지! 반드시 네 진짜 실력을 보고야 말겠다!"

그의 두 눈이 황금빛을 발하며 진기의 힘이 폭증한다. 동시에 기공의 파도가 지금까지와는 비교할 수 없는 기세로 가려를 몰아쳤다. 기교로만은 극복할 수 없는 압도적인 힘으로 밀어붙인다!

루안이 벌떡 일어났다.

"라이간! 살수를 써선 안 된다!"

영수의 힘을 일깨운 라이간의 기세는 어마어마했다. 그리고 거센 기세와 함께 새하얀 안개가 일어나 주변을 자욱하게 가렸다.

여유롭게 관전하던 형운이 놀랐다.

'이게 아르한 일족의 힘인가?'

질적인 차이가 있다고는 하지만 조금 전까지 라이간의 내공 출력은 기심법의 6심 수준이었다. 그런데 영수의 힘을 개방하니 7심 수준으로 올라갔다.

그리고 그가 일으킨 것은 단순한 운무가 아니다. 아르한 자신의 모습과 기척은 감추면서 상대방은 훤히 드러나게 만들고 있었다.

'훌륭한 능력이군. 근데 누나 상대로는 상성이 나쁜데…….'

가려의 은신술은 술법이나 영능으로도 잡기 어려운 경지

에 올라 있었다.

별의 수호자가 망라한 자료가 워낙 많았기 때문이고, 실제로 형운 곁에서 술법이나 영능 상대로 은신하는 법을 수련할 기회가 있었기 때문이며, 무엇보다 천하제일의 자객인 암야살예 자혼의 밑에서 갈고닦았기 때문이었다.

하지만 라이간의 안개 속에서 가려는 은신하는 대신 작게 한숨을 쉬었다.

그리고 다음 순간, 그녀의 옆쪽에서 라이간이 불쑥 나타나서 기습을 가해왔다.

"아니?!"

하지만 놀란 것은 라이간이었다. 가려가 그럴 줄 알았다는 듯 몸을 돌리며 왼손으로 그의 검면을 비껴냈기 때문이었다.

투학!

그리고 그가 다시 안개 속으로 숨기 전에 가려의 발차기가 몸통을 때렸다.

'아이고, 누나 화났네.'

형운이 이마를 짚었다.

가려로부터 은은한 분노가 풍겨 나오고 있었다. 애당초 형운이 부탁해서 나온 내키지 않는 자리였다. 그런데 친선 비무에서 죽자 살자 달려드는 상대에게 화가 난 것이다.

"크윽……! 대단하군! 하지만 영무(靈霧)의 진가는 이제부터다!"

라이간은 안개 속으로 도망치지 않았다. 안개를 전신에 휘감은 채로 돌진해서 검격을 날린다.

쉬쉬쉬쉬쉬!

가려가 조금 놀라서 한두 걸음 물러나면서 피했다.

이 공세에는 겉으로 보이는 것 이상의 신묘함이 있었다. 운무는 라이간의 신체 일부를 감추는 것은 물론이고 기파의 흐름조차도 감추었던 것이다.

'전체를 볼 수 없으니 통찰하기 어렵다.'

가려는 라이간의 움직임과 기파를 가닥가닥 끊어서 봐야 하니 대응이 어려울 수밖에 없었다.

기술적인 격차가 날 때 가장 무서운 점, 즉 고수의 통찰력을 흐려놓는 기술인 것이다.

게다가 이 능력은 격투전만이 아니라 기공전에서도 통용되었다. 상대가 그리는 기공의 궤적을 제대로 파악할 수가 없는 것이다.

탁월한 능력이다. 아마 라이간은 이 능력만으로도 최소한 두 수 위의 상대까지도 쓰러뜨릴 수 있을 것이다.

파밧!

게다가 그때까지 보여주지 않았던 기술이 가려를 한 번 더 물러나게 만들었다.

'격공의 기!'

허공섭물이나 의기상인처럼 자유자재로 쓰지는 못하지만 격공의 기를 터득하고 있었던 것이다.

"역시 허공파(虛空波)를 터득한 자였군!"

라이간이 눈을 빛냈다.

가연국의 무공에서 정의한 허공파는 격공의 기와 똑같은 경지다. 라이간이 발한 허공파를 가려가 격공의 기로 막아낸 것이다.

"자, 어떤가? 몰아넣었다!"

곧 라이간이 이를 드러내며 웃었다.

영수의 힘을 개방하면서 신체 능력이 더욱 상승했고 내공도 강해졌다. 그런 상황에서 영무의 힘까지 활용하니 마침내 가려도 그의 공세를 정면으로 받아낼 수밖에 없는 상황에 몰렸다.

영무 때문에 바깥에서는 상황을 제대로 알아볼 수 없다. 그러나 아르한의 일족인 루안은 상황을 꿰뚫어 보고 형운에게 경고했다.

"선풍권룡, 라이간이 너무 격앙되었소. 말리는 게 좋을 것 같은데……."

"괜찮습니다. 하지만 예상외로군요."

"예상외라니? 무엇이 말이오?"

"제가 생각했던 것과 좀 달라서 말입니다. 혹시 저 무사님의 나이가 어떻게 됩니까?"

하지만 형운은 여전히 여유로웠다. 루안은 형운의 시선에서 그가 영무를 꿰뚫어 보고 있음을 알고 놀라워하며 대답했다.

"올해로 48세라오. 인간으로서는 젊은 나이는 아니지."

"과연."

아르한은 혈통을 잇고 태어나는 것만으로도 고위 영수로 대접받을 수 있는 대영수의 일족이다. 그 피를 이은 1세대 영수 혼혈이라면 수명이 일반인보다 긴 것은 당연할 것이다.

'뛰어난 태생, 그리고 모두가 인정하는 자질, 그리고 수십 년 동안 고련 끝에 모두가 인정하는 강자가 되었다…….'

강한 무인이 국가 혹은 귀족 집안에 속하는 것이 당연한 가연국이니 황족인 루안의 호위 책임자 중 제일이라는 라이간은 가연국에서도 인정받는 고수이리라.

'운성왕자의 위사들이 당해내지 못할 만도 하군. 하지만…….'

꽈아아앙!

귀를 찢을 듯한 폭음이 울리면서 안개가 찢어져 나갔다.

"저런……!"

놀란 루안과 운성왕자가 벌떡 일어났다.

다들 경악하는 가운데 형운만이 평온했다. 형운이 난처한 듯 웃으며 중얼거렸다.

"누나 역시 화났어……."

흩어지는 안개 속에서 가려가 검을 휘두른 자세를 천천히 회수하고 있었다. 그리고 그 앞에는 나가떨어져서 일어나질 못하는 라이간이 보였다.

5

요란하게 나가떨어져서 모두가 걱정했지만 라이간의 부상은 심하지 않았다. 어디 부러진 곳도 없었고 심지어 내상도 경미했다.

라이간은 깨끗하게 패배를 인정했다.

"완패다! 본국의 십이무객(十二武客)을 제외하면 이런 압도적인 격차를 느껴본 것은 처음이었다. 아르한의 힘까지 개방했는데도 그 바닥조차 보지 못하다니, 감히 내가 평가할 수 없는 고수로군."

그가 쓰는 삼국의 말은 흠잡을 데 없는 발음이었다.

이에 대해서 물으니 낯선 이국에서 루안을 완벽하게 경호하기 위해서는 삼국의 말을 알아야 한다는 생각으로 철저하게 공부했다고 한다.

"십이무객?"

형운이 고개를 갸웃하자 루안이 말했다.

"본국에서 최고수로 인정받는 열두 명을 말하오."

루안의 설명을 듣자하니 삼국의 일존구객과는 의미가 달라서 순수하게 가연국 무인들 중 강자들을 꼽아놓은 자리였다.

형운이 물었다.

"그렇다면 혹시 마인들도 껴 있습니까?"

"본국으로 한정되기 때문에 그렇지는 않소. 하지만 당신과 같은 의문을 지닌 호사가들이 많아서 천하십무(天下十武)라는 명단이 존재하지."

루안이 쓴웃음을 지었다.

가연국만이 아니라 오성군도와 버려진 땅까지 아울러 최강의 무인 열 명을 일컫는 것이 바로 천하십무였다. 가연국의 십이무객 중에 다섯 명이 여기에 이름을 올리고 있다고 했다.

설명을 들은 형운은 의아해하며 물었다.

"대체 그 명단을 정하는 기준은 무엇입니까? 만약 같은 조직이라면 비교적 객관적인 평가가 이루어질 수 있겠지요. 하지만 그 넓은 땅에서 서로 다른 조직에 속한 사람들인데, 직접 싸워본 것도 아닌데 어떻게 누가 강하고 약하고를 압니까?"

일존구객의 경우는 강함과 약함을 논하는 자리가 아니었

다. 그들은 천하만민이 인정하는 열 명의 협객이지 열 명의 강자가 아니니까.

물론 그들 모두가 중원삼국 강호의 얼굴이 될 만한 강자이기는 하지만 그것은 협행이 힘 있는 자에게만 가능한 일이기 때문에 따라오는 결과일 뿐이다.

루안이 고개를 끄덕였다.

"당신의 말이 맞소. 천하십무란 어디까지나 호사가들이 보고 들은 것과 소문을 취합하여 만들어낸 흥밋거리에 불과하지."

"십이무객은 다릅니까?"

"십이무객을 정하는 것은 황실의 권위이며, 그 자리는 오로지 자신을 증명한 사람들에게만 주어지오. 호사가들이 그들 사이의 우열을 논하지만, 공식적으로 그들 사이에는 서열이 존재하지 않지."

"그렇군요."

그 정도라면 납득할 수 있었다. 야인(野人) 중에서 고수가 넘쳐나는 삼국과는 상황이 달랐으니까.

문득 라이간이 말했다.

"그분과 이야기를 해볼 수 없겠나? 묻고 싶은 것들이 있는데……."

"누나라면, 죄송하지만 안 되겠습니다."

"……."

"누나가 낯을 워낙 가리는 편이고 그 자리에도 제가 억지로 부탁해서 나가준 거라서요. 지금도 심기가 불편해서 제가 그런 걸 부탁하기가 어렵군요. 양해 바랍니다."

형운이 웃는 낯으로 딱 잘라 말하자 라이간이 한숨을 쉬며 말했다.

"아직 젊은 여성 같았는데 그토록 강하다니 정말 놀랍군. 나는 내심 조건이 제약된 비무라면 후신을 이룬 이들과도 해볼 만하다고 생각했거늘……."

"가연국에는 영신단의 후신을 이룬 이들이 많습니까?"

"아니, 그것은 실로 고절한 경지지. 십이무객 중에서도 일곱 명만이 후신을 이루었을 뿐이다."

형운은 잠시 생각하다가 말했다.

"아마 라이간 공이 궁금해하는 것은 누나와 만나지 않아도 제가 대답해 드릴 수 있는 사안일 겁니다."

"정말인가?"

"대신 라이간 공도 제 질문에 답해주시겠습니까? 아까의 비무를 보면서 저도 가연국 무공에 궁금한 것들이 생겼는지라……."

"얼마든지 물어봐라."

"혹시 영신단의 후신을 이룬 고수들의 연령이 어떻게 됩니까?"

형운은 가장 궁금하던 것부터 물어보았다.

"가장 연장자이신 파염검랑께서는 130세가 넘으셨고 가장 젊으신 분은, 어디 보자… 은하검객이신가. 그분이 지금 66세이신데 후신을 이루신 것이 5년쯤 되신 걸로 알고 있다."

"……."

연령대가 높아도 너무 높았다!

라이간이 덧붙였다.

"아, 물론 그게 최연소 기록은 아니다. 공식적으로는 채 50세가 되기 전에 후신을 이루었던 광천검호 같은 분도 계시지."

"그럼 혹시 심상경에 이른 분들은 몇이나 됩니까?"

민감한 문제지만 그래도 형운은 꼭 알고 싶었기에 물어보았다.

"심상경? 그게 뭐지?"

"어……."

전혀 예상치 못한 반응에 형운은 잠시 멍해졌다.

하지만 곧 생각나는 바가 있어 다시 물었다.

"지칭하는 용어가 다를 수도 있겠군요. 세상 만물을 이루는 기(氣)의 본질을 이해하고 자신의 심상을 현실에 그려내는 경지라고 하면 이해하시겠습니까?"

라이간은 이번에는 곧바로 이해했다.

"아, 무신통(武神通)을 말하는 거로군."

"무신통이라……."

"술법에서는 대영수들의 영능을 재현하는 경지를 신통의 경지라고 말하지. 그리고 무공에 있어서는 무신통이라고 부른다. 흐음. 그 경지에 오르신 분이라……."

라이간이 잠시 생각에 잠겼다.

형운은 그가 누가 무신통에 올랐는지 떠올리느라 생각에 잠긴 것이 아님을 알았다. 이국인인 형운에게 과연 이걸 말해줘도 되는지 고민하는 게 분명했다.

그때 두 사람의 대화를 듣고 있던 루안이 말했다.

"말씀드리거라."

"괜찮겠습니까?"

"너도 같은 것을 물으면 되지 않겠느냐?"

"알겠습니다."

루안의 말에 라이간이 고개를 끄덕였다.

"십이무객 중에 무신통에 이르신 분은 다섯 분이다. 모두 후신을 이루신 분들이지. 혹시 당신이 속한 삼국의 이존팔객은 어떠한가?"

"지금은 일존구객이라 불립니다."

형운은 명칭을 정정해 주고는 대답해 주었다.

"현재 일존구객의 자리는 모두 채워져 있지 않습니다. 천하를 대표하는 협객 열 명의 이름을 정하는 것은 민중이니까요. 하지만 지금 확정적으로 그 자리의 주인으로 불리는 자들을 기준으로 한다면, 모두가 심상경에 이르러 있습니다."

"모두가 말인가? 모두가 무신통이라니……."

라이간이 믿을 수 없다는 듯 눈을 크게 떴다. 그리고 놀람을 감추지 못한 나머지 더듬거리며 물었다.

"그 말은… 선풍권룡 당신 역시 그 경지에 올라 있단 말인가?"

"그렇습니다."

형운의 솔직한 대답에 라이간은 경악을 감추지 못했다. 한참 동안 말을 잇지 못하던 그가 조심스럽게 물었다.

"당신은 이존팔객… 아니, 일존구객 중에서도 대단히 젊다고 들었다. 혹시 올해로 나이가 어떻게 되는가?"

"올해로 스물여섯입니다."

"……."

라이간이 입을 뻐끔거렸다. 놀람이 지나쳐서 아예 사고가 정지해 버린 것 같았다.

6

한참 후, 놀람을 가라앉힌 라이간은 형운에게 비무를 청했다.

그것은 호승심 때문도, 형운의 말을 의심해서도 아니었다.

"무신통의 강자에게 한 수 가르침받을 수 있다면 무인으로서 일생의 영광이 될 것이다!"

그가 고개를 숙여가며 간곡하게 청했다.

아르한 일족에서도 현재 십이무객의 일원을 배출했으나 무신통의 고수는 아니었다. 그렇기에 라이간은 천부적인 자질을 지녔다는 평가를 받으면서도 무신통의 고수에게 지도받아 본 경험이 없었다.

"나는 지금까지는 운이 좋아 아무런 대비 없이 무신통의 고수와 싸울 일이 없었다."

라이간은 버려진 땅의 마인들과 싸워 전공을 세운 경력도 풍부한 인물이었다.

하지만 그는 그것이 운이 좋아서임을 알고 있었다.

이따금씩 전장에 출현하는 무신통의 마인들과 싸웠을 때 혼자가 아니었기 때문이다. 그들을 막아낼 수 있는 힘을 지닌 영수들이 함께하고 있었기 때문에, 혹은 강력한 술법의 가호를 받은 덕분에 상대는 무신통의 절예를 봉쇄당한 채로 싸워야만 했다.

언젠가는 그들과 홀로 맞서야 할 시기가 올지도 모른다. 그러기 위해서라면 그는 무엇이든 해야만 했다.

루안은 난처한 듯 형운을 바라보았다.

자신이 아끼는 조카의 바람을 들어주고 싶지만 그러기에는 이미 형운이 상당히 까다로운 부탁을 성심성의껏 들어준 것이다. 더 무언가를 부탁하기에는 너무 염치가 없었다.

형운은 쓴웃음을 지었다.

'이런 사람은 냉정하게 쳐내기가 어렵군.'

라이간은 황족의 피를 이었다는 것이 믿어지지 않을 정도로 솔직하고 호방한 사내였다. 이국의 무사와 겨루는 자리였으니 가연국을 대표하는 입장으로서 더욱 자존심을 세울 만도 한데 그런 기색은 조금도 없이 상대의 대단함을 인정하고, 스스로의 부족함을 채우기 위해 주저 없이 고개를 숙인다.

형운은 손익을 따지지 않고 무인으로서 향상심을 불태우는 라이간이 마음에 들었다.

그리고 그 역시 영신단에 흥미가 생겼다. 가려와 싸우는 것을 지켜본 것만으로는 부족하다. 자신이 직접 그 실체를 맛보고 싶었다.

'좋은 기회지.'

어쩌면 다시없을지도 모르는 기회다. 그것도 단순히 영신단을 접하는 것이 아니라 그것을 깊이 있게 연마한 고수를 통해 접할 수 있는 기회.

그래서…….

7

"하하하하!"

라이간은 호탕하게 웃었다. 가슴에 쌓여 있던 울분을 모두 날려 버린 듯 시원한 웃음이었다.

무참한 패배였다.

평생 이렇게나 처절한 적이 있었나 싶었을 정도로, 필사적으로 발버둥 치며 자신의 바닥을 드러내었다. 그러고도 아무것도 통용되지 않는다는 아득한 절망감을 맛보았다.

"이것이 무신통의 강자인가!"

하지만 그것이 그가 원한 바였다.

아무도 그에게 이런 경험을 선사해 주지 못했다.

누군가는 그의 고귀한 신분 때문에.

누군가는 그럴 능력이 없었기에…….

그럴 수 있는 자들은 무한한 적의와 거침없는 살기를 품고 있었으며, 세상은 그가 그들과 혈혈단신으로 맞서는 것을 허락지 않았다.

그래서 라이간은 형운에게 부탁했다.

사정을 봐주지 말고 진짜 실력을 보여달라고.

형운은 그 청에 응해주었다. 하지만 그것은 라이간이 생각한 것과는 다른 형태였다.

처음에는 아무것도 해보지 못하게 만들었다. 힘이든 기술이든 그가 가진 모든 수가 봉쇄당한 채로 질식하듯 압살당하는 경험이었다.

다음에는 지니고 있는 모든 패를 쓸 수 있게 만들었다. 그가 지닌 장점을 극대화하여 전력을 다할 수 있도록 하고는 그 모든 것을 정면에서 때려 부쉈다.

종국에는 무엇이든 할 수밖에 없게 만들었다. 천재지변처럼 감히 맞설 엄두조차 나지 않는 거대한 힘 속에서 그는 필사적으로 발버둥 치다가 무너져 내렸다.

이 모든 것이 그저 한 번의 비무, 그것도 불과 일각(15분) 동안에 겪은 일이라는 것이 믿어지지 않았다.

'이 한 번의 비무는 내게는 백 년 공부에 필적하는 기연이다!'

라이간은 그 사실을 확신하고 형운에게 깊이 고개를 숙였다.

"정말 감사하다!"

"저도 공부가 되었습니다."

형운의 말은 빈말이 아니었다.

라이간을 통해 영신단이 무엇인지 그 진수를 볼 수 있었다. 무공과 영능 어느 쪽으로든 발전할 수 있도록 합일된 뿌리를 지닌 그 비술은, 아마 다른 무인에게는 그저 신선한 자극 이상은 되지 않을 것이다. 그러나 무극지경에 이른 두 가지 영능을 지닌 형운에게는 앞으로 긴 시간을 들여 연구할 만한 단서를 제공해 주었다.

'사부님이 어떤 표정을 지으실지 기대되는걸.'

그리고 무학자인 귀혁에게도 실로 매력적인 것이 되리라.

"언젠가 기회가 닿으면 가연국에 놀러 오시게. 내 오늘 입은 은혜를 잊지 않고 크게 대접하겠다."

라이간은 호탕하게 웃으며 몸을 치료하기 위해 물러갔다.

루안이 감사를 표했다.

"무리한 요청에 응해주셔서 감사드리오."

"저도 좋은 경험이 되었습니다."

"나는 무인이 아니지만 당신이 저 아이에게 보여준 것의 가치가 작지 않음은 알겠소. 이토록 큰 도움을 받았으니 약소하나마 보답을 하고 싶구려."

루안이 눈짓하자 뒤에 시립하고 있던 시비들이 두 개의 상자와 고급스러운 붉은 천으로 말아둔 기다란 무언가를 들고 왔다.

하나는 손바닥 위에 올릴 수 있을 정도로 작은 상자였고, 또 하나는 어린애 머리통만 한 상자였다. 루안은 먼저 붉은 천으로 말아둔 것을 풀었다.

그것은 한 자루 검이었다.

"이것은 일행분에게 드리는 선물이오. 본래 하운국 황족 중에 무인으로서의 길을 추구하는 이들이 있다 하여 그들에게 선물할까 했었지만… 좋은 무기는 잘 쓸 수 있는 주인을 만나야 하는 법이지."

형운은 놀란 눈으로 그 검을 바라보았다.

겉으로 보기에는 딱히 특별한 구석이 없는 검이었다. 삼국의 무인들이 애용하는 장검과 그리 다르지 않은 양식으로 만들어졌고 특별히 장식을 더하지도 않아서 투박해 보인다.

형운이 손가락으로 검날을 쓸자 우웅, 하는 소리가 났다. 동시에 형운의 손가락이 닿은 부분만 얼음처럼 투명해졌다가 원래대로 돌아오는 게 아닌가?

"이 검에는 의념이 깃들어 있군요. 스스로의 모습을 위장하는 검이라니……."

검요(劍妖)라고 해도 믿을 것 같지만 요기는 조금도 느껴지지 않았다. 영수처럼 영험한 기운만이 느껴진다.

형운은 이것이 백건익의 애검처럼 영수의 시신을 소재로 삼아 벼려낸 영검(靈劍)임을 알았다.

루안이 말했다.

"이 검이 만들어진 것은 50년 전의 일이지. 버려진 땅의 사악한 존재들과 싸우는 데 일생을 바친 백호장군이 자신의 시신을 매장하는 대신 영육으로 장례를 치르라 하였고, 본국 최고의 장인의 손으로 세 자루의 검이 태어났소. 질풍검(疾風劍)은 거센 바람처럼 날래고 날카로웠으며, 호검(虎劍)은 생전의 백호장군처럼 위맹하였지. 마지막으로 무흔검(無痕劍)은 그 흔적조차 남기지 않는 은밀함을 가졌는데, 다른 두 검은 본국에서 주인을 만났으나 무흔검만은 그렇지 못하였소. 삼국에서도 이 검의 진정한 주인을 만날 수 있으리라는 기대는 하지 않았기에 하운국 황실에 선물로 주려고 하였지."

하지만 루안은 가려가 라이간과 싸우는 모습을 보면서 그녀가 무흔검의 주인이 될 수 있는 자임을 직감적으로 깨달았다.

무흔검을 소개한 루안은 다음으로 작은 상자를 열었다.

"이것은 전장에 나간 가족을 그리워하는 자를 위해 만들어진 영단(靈團)이오."

진주처럼 은은한 광택을 흘리는 손톱만 한 환약이었다.

두 개가 한 쌍으로, 두 명의 복용자가 서로의 피를 묻힌 다음 복용하면 3천 리 이상 멀리 떨어진 상대방의 생사를 본능적으로 알 수 있게 된다고 한다.

마지막으로 루안은 큰 상자를 열었다.

생물의 심장처럼 보이는 모양새지만 어린아이 주먹만 한 크기에, 얇은 은사슬이 둘러져 있는 기물이 나왔다.

"이것은 술심(術心)이라 불리는 보물이오. 악명 높은 대마수의 심장으로 만들어진 유물이지."

마수를 죽이고 그 심장을 정화하여 만든 일종의 술법 장치였다.

삼국의 기환술과 달리 가연국의 술법 체계는 술사 개개인의 힘을 발휘하는 것이라 도구를 만드는 데는 그리 능하지 않다. 그들이 만들어내는 도구는 하나같이 영험한 소재를 가공한 결과물이라 양산이 불가능했다.

"대마수의 심장이 워낙 거대했기에 그 심장을 쪼개는 과정에서 일곱 술심이 만들어졌는데 이것은 그중 마지막으로 만들어진 것이오. 영력이 없는 자라도 자신의 기운을 주입하는 것만으로도 마수의 영능 일부를 쓸 수 있다오."

"어떤 영능입니까?"

"여기에 내재된 영능은 생물과 무생물을 가리지 않고 범위 안에 있는 존재의 무게를 없애는 것이오."

"무게를 없앤다고요? 흠……."

무게를 없애는 능력은 형운에게도, 가려에게도 좀 미묘했다. 심상경의 고수인 두 사람은 경공을 펼칠 때는 스스로를 깃털처럼 가볍게 할 수 있고, 격투전을 벌일 때는 천근추로 스스로를 수십 배나 무겁게 할 수 있었으니까.

루안이 빙긋 웃었다.

"별로 대단치 않게 느껴지나 보구려. 하지만 실제로는 대단히 유용한 능력이라오. 무인들의 경공이나 천근추와는 달리 극히 소량의 기운만을 주입해도 그 영능이 장기간 발휘되는 데다가 일단 한번 영능을 발하고 나면 스스로 정신을 집중하여 제어할 필요 없이 일정한 상태를 유지할 수 있으며, 그것을 통해 비행하는 것까지도 가능하다오."

"아, 그렇다면 확실히 대단한 능력이군요."

무인의 무게 조작 능력은 어디까지나 일일이 진기를 운용하여 통제해야 하는 것이니, 그런 과정 없이 무게를 없앨 수 있다는 것은 대단한 이점이다.

거기에 비행까지 가능하다면 정말 기환술사들이 침을 질질 흘리며 탐할 것 같은 보물이었다.

"다만 정화하기는 했어도 일반인이 쥐었다가는 순식간에 선천지기까지 빨릴 수가 있으니 꼭 자신의 기를 통제할 수 있는 이만 사용할 수 있도록 하시오."

"알겠습니다."

"본국이었다면 좀 더 만족스러운 보답을 할 수 있었겠지만 이국땅이다 보니 이 정도밖에 줄 수 없어 미안하구려."

루안은 진심으로 그렇게 여기는 것 같았지만 형운이 생각하기에는 당치 않은 소리였다. 솔직히 자신이 해준 일에 비해 너무 과한 보상이라고 생각했다.

'하지만 비약에 대해서는 되도록 언급하지 말아달라고 했으니…….'

뭔가 자신도 답례를 하고 싶었지만, 하필 가장 먼저 떠오르는 것이 그녀에게 줘서는 안 되는 금지 품목이다.

하운국 황실에서는 가연국과의 교류를 극히 제한적인 범위에서만 이어나가고 있다.

그리고 그 교역 범위에서는 별의 수호자의 비약이 제외되었다. 그렇지 않았다면 별의 수호자는 가연국과의 교역에서 큰 비중을 차지하고 있을 것이다. 바다 건너 이국땅에서 나는 약초나 영약 등에 관심을 보이지 않을 리 없으니.

'그래도 교역에 끼어들 여지는 만들어놔야겠군. 비약은 안 되더라도 약재와 의약의 거래는 가능할 테니.'

형운은 기왕 생긴 귀중한 인맥을 아주 적극적으로 활용하기로 마음먹었다.

제171장
야심가들

1

가려는 좀처럼 웃거나 기쁨을 내색하는 일이 드물었다.

본래부터 감정 표현이 풍부하지 않은 편이라서이기도 하겠지만 사람들에게 자신을 보이는 것을 극도로 꺼려온 탓이기도 할 것이다. 어린 시절부터 지금까지 계속 그렇게 지내다 보니 누군가에게 감정을 내비치는 일 자체가 어색해지고 말았다.

형운 앞에서는 화를 내거나 틱틱거리는 모습을 보이지만 그것은 특별한 경우다. 형운 말고 다른 이들에게 감정을 보이는 경우는 정말 드물었다.

하지만 형운도 그녀가 이렇게 좋아하는 것은 처음 보았다.

"음……."

좋아한다고 해도 싱글벙글하면서 노골적으로 기쁨을 이야기하는 것이 아니다. 표정으로 드러나는 바는 없다시피 했다.

하지만 무흔검을 선물받은 후로 나흘이 지나도록 시도 때도 없이 그것을 뽑아 들고 그 생김새를 세밀하게 살펴보거나 휘둘러 보면서 들뜬 눈빛을 감추지 못하는 것만 봐도 얼마나 그 검을 마음에 들어 하는지 알 만했다.

처음에 가려의 저런 모습을 보았을 때는 형운도 흐뭇하고 기분이 좋았다.

그랬는데…….

"좀 의외네요."

"네?"

무흔검에 집중하고 있던 가려가 고개를 갸웃했다.

"누나가 뭔가를 그렇게 마음에 들어 하는 걸 처음 봐서요. 누나도 검에는 욕심이 있었군요."

형운의 목소리는 약간 불퉁한 기색이 드러나 있었다.

여태까지 형운은 가려에게 많은 선물을 주었는데 가려가 이렇게나 좋아하는 모습을 본 적이 없었기 때문이다. 진조족의 은귀걸이나 풍혼족의 허리띠를 줬을 때도 무척 쓸모 있는 물건을 가졌다는 흡족함을 비쳤을 뿐이다.

"그, 그야… 저도 검을 쓰는 몸이니 좋은 검을 갖고 싶다는 욕심은 있지요."

가려가 허둥거렸다. 노골적으로 흐트러진 모습을 보였다는 점이 부끄럽기도 했고, 또 형운의 불퉁함이 당혹스럽기도 했기 때문이다.

"삼신족한테도 그럴듯한 검이나 달라고 할 걸 그랬네요."

"아닙니다."

심기가 불편해 보이지만 그것을 드러내지 않으려고 애쓰는 것 같은 형운의 태도에 가려는 왠지 뭐라도 말을 해야만 할 것 같았다.

"아니라뇨?"

"공자님께서 주신 것들은… 정말 감사하게 여기고 있습니다. 뇌령수화의 약만 하더라도 그 약이 아니었더라면 저는 뇌극공을 이렇게나 빠르게 터득할 수 없었을 테지요."

가려는 백설혼과 뇌극공을 모두 익혔는데, 백설혼의 성취도는 그리 높지 못한 데 비해 뇌극공은 놀랍도록 빠르게 진도를 뽑아서 능수능란하게 쓰는 경지에 이르렀다. 이것은 형운이 나눠준 뇌령수화의 약을 통해 영수 상태를 경험한 덕분이었다.

"그리고… 음, 공자님이 주신 보물들 덕분에 저도 독이나 술법을 두려워하지 않을 수 있게 되었지요."

가려는 열심히 형운에게 받은 것들을 칭찬했다.

하지만 그 말을 듣는 형운은 기뻐하기는커녕 점점 표정이 굳고 있었다.

“하지만 누나를 기쁘게 하진 않았잖아요.”

결국 형운은 불쑥 퉁명스러운 한마디를 던지고 말았다.

그러더니 화들짝 놀란 표정으로 자기 입을 가렸다.

그런 반응은 상상도 못 했는지라 가려는 멍청하니 형운을 바라보다가 조심스럽게 그를 불렀다.

“…공자님?”

“아, 아니에요. 내가 요즘 좀 피곤해서 상태가 안 좋았나 봐요. 못 들은 걸로 해주세요.”

형운은 얼굴이 붉어진 채로 허둥지둥 그 자리를 떠났다.

한동안 그 자리에 서 있던 가려가, 멍청하니 중얼거렸다.

“공자님……?”

물론 대답은 돌아오지 않았다.

2

천공지체와 백운지신 연구는 사실상 첫 단계를 마무리하고 있었다.

이미 두 연구는 결실을 맺어 천공지체와 백운지신은 완성되었다. 척마대와의 임무 수행을 통해 실전성까지 입증한 지금, 양측 연구진은 자신들의 성과가 형운이 일월성신을 이뤘던 초창기를 훨씬 뛰어넘음을 확신하고 있었다.

화성 하성지는 차기 천공지체 후보에 대해서 협상하기 위해 이 장로를 찾아가고 있었다.

성도의 탑에 들어서 천공지체 연구실을 향해 걷는 하성지의 곁에는 지난 몇 년간 총단에 머물면서 오연서의 보호자 노릇을 한 둘째 제자 신소정이 따라서 걷고 있었다.

"연서가 참 기대 이상으로 잘해주었어요."

30대 중반인 신소정은 차분한 인상의 여검객이었다. 빈틈없이 단련된 몸을 갖고 있긴 하지만 체격이 작은 편이라 하늘하늘한 옷을 입으면 귀한 집의 아가씨로만 보였다.

하성지가 웃었다.

"마지막까지 남아서 천공지체를 완성해 줄 것이라고는 생각 못 했지."

"천공지체는 대단해요. 연서는 조만간 7심 내공을 이룰 거예요."

"아마 그것이 진정한 의미에서 천공지체의 완성을 의미하는 단계가 되겠지. 하지만 갓 스무 살이 넘은 아이의 내공이 7심이라니… 10년 전까지만 해도 허무맹랑하게 들렸을 이야기군."

강호의 여러 무력 집단의 평균적인 내공 수준을 크게 웃도는 별의 수호자를 기준으로 봐도 그렇다.

아무리 별의 수호자의 최고 인재들이 모여서, 거의 무한정의 자원을 투입해 가면서 이룬 성과라지만…….

'형운.'

이런 비상식적인 변화는 전부 형운이 일월성신을 이루면서부터 시작된 것이다.

형운은 역동적으로 움직이기 시작한 시대의 상징이었다. 성운을 먹는 자 일맥을 계승한 귀혁이 형운이라는 존재를 탄생시켰기에, 그리고 그를 연구할 수 있었기에 별의 수호자는 천공지체와 백운지신을 만들어낼 수 있었다.

문득 신소정이 말했다.

"지난번에도 말씀드렸지만 천공지체의 가장 무서운 점은 제가 보기에는 기감이에요."

"무학자로서의 의견이냐?"

"예."

신소정은 무인이라기보다는 무학자였다.

그녀는 10년 전, 타고난 체질 때문에 스스로가 무인으로서 성장하는 데 한계가 있음을 깨달았다. 하지만 절망하지 않고 자신의 재능을 살릴 길을 찾아냈으니, 그것은 바로 무학자의 길이었다.

현재 위진국 본단의 무학원 부원주인 신소정은 사실상 차기 무학원주 자리가 확정된 인재였다.

그런 신소정을 몇 년 동안이나 총단에서 오연서의 보호자 노릇을 하게 한 것은 그만한 이유가 있었기 때문이다. 하성지는 인맥을 통한 거래로 신소정에게 총단의 여러 무공 열람권을 쥐여주었다. 그리고 자신 대신에 오연서의 스승 노릇을 하도록 지시했다.

하성지는 무공을 학문적으로 파악하는 데 능한 신소정이 남을 가르치는 데 있어서는 스승인 자신보다도 낫다고 인정했다. 특히 그녀는 이론파이면서도 같은 이론파뿐 아니라 감각파를 이론으로 설득하고 가르치는 데도 능한, 탁월한 지도자였다.

신소정이 말했다.

"예. 단순히 전장에서 발휘되는 '기능' 만으로 본다면 그 탁월한 신체 능력과 전술적으로 압도적인 우위를 제공하는 천공흡인, 그리고 거의 무한의 내공을 제공하는 천공기심이 더 무섭겠지요. 하지만 무인으로서 주목해야 할 점은 역시 천공흡인을 가능케 하는 그 기감이에요."

천공지체의 기감은 주변의 기에 대해서 놀라울 정도로 민감하고 세분화된 구분 능력을 제공한다.

수많은 이의 기운이 혼돈처럼 뒤섞여 있는 가운데에서도

그 하나하나를 구분하고, 자신이 원하는 것만 표적으로 삼는 것이 가능하다. 그런 경이로운 기감이 있기에 천공흡인이라는 능력을 제대로 활용할 수 있는 것이다.

그리고 이 기감이야말로 강연진과 오연서가 무인으로서 급격한 발전을 이룬 원천이었다.

"어쩌면 성운의 기재의 재능이 그와 같을지도 모르죠. 기회가 닿는다면 서 원주에게 한번 물어보고 싶어요."

"연서에게 부탁하면 되지 않느냐?"

"그러면 되긴 하는데, 서 원주는 좀 대하기 어렵다는 인상이라……."

"내가 자리를 한번 마련해 보마."

천공지체 연구실이 가까워지자 하성지는 문득 자신이 하고 있는 일들의 의미를 생각했다.

3

하성지의 가문은 별의 수호자와 친분이 있는 영수 일족과 맺어져서 그들과 거래를 해온 가문으로, 위진국 본단에서는 입지가 강한 가문이었다.

하지만 하성지가 살아온 길은 순탄하지 않았다.

하성지는 어려서부터 아무런 가능성도 시험해 보지 않고

얌전한 아가씨가 될 것을 요구받았는데, 가문에서는 그녀를 곱게 키워서 영수의 일족과 정략결혼시킬 참이었기 때문이다.

어린 시절에는 어른들의 의지에 순응할 수밖에 없었다. 하지만 한 살 차이인 남동생에게 무인의 길과 연단술사의 길이라는 선택지가 놓인 것을 보면서 그녀는 격한 반항심을 가졌다.

'왜 쟤는 되고 나는 안 되는가?'

가문의 어른 중 누구도 하성지의 의문에 납득할 만한 답을 주지 못했다.

그들의 답은 진부했고, 자신들이 생각하는 가문의 이익을 우선할 뿐 그녀의 삶에 대한 고려는 전혀 없었다.

여덟 살의 나이에 하성지는 가문에서 가출했다.

불과 여덟 살이었고 무공도 수련하지 않았지만 그녀는 영특했다. 또한 일찌감치 영수의 피에 잠재된 힘을 끌어내는 법을 익혔기에 어린 여자아이라고 생각할 수 없을 정도로 강건한 몸을 지녔다.

가출한 하성지는 천신만고 끝에 자신에게 그 피를 이어준 영수의 일족을 찾아가는 데 성공했다.

세상 무서운 줄 모르는 모험이었지만 그때의 그녀는 목숨을 걸고 있었다. 자신의 삶을 스스로 결정하고 싶다는 어린 시절의 의지는 너무나 선명하고 날카로워서, 이후 평생 동안 그녀를 삶을 받쳐주는 기둥이 되었다.

어린 여자아이라고는 생각할 수 없는 의지와 행동력은 영수 일족을 감동시켰다.

일족의 수장이 직접 하성지의 가문에 부탁하여 하성지에게 무인의 길을 걸을 수 있도록 했으며, 그녀를 호위하고 영수의 힘에 대해서 가르칠 영수를 보내주는 등 지원을 아끼지 않았다.

가출이 끝나고 집에 도착했을 때는 2년이 훌쩍 지나 있었다.

하성지는 동생보다 훨씬 늦은 열 살의 나이에 무공에 입문했다.

가문에서는 여전히 그녀가 무공을 익히는 것을 달갑게 여기지 않았다. 그녀가 태어났을 때부터 정략결혼을 위한 도구로 길러낼 작정부터 했을 정도로 가문의 분위기가 경직되어 있었던 탓이다.

하지만 가문이 노골적으로 동생과 차별 대우를 해도 하성지는 눈부신 재능으로 자신의 앞길을 개척했다.

별의 수호자의 말단 무관에서 무인의 삶을 시작한 그녀는 채 반년도 되지 않아서 관장의 추천을 받아서 상급 기관으로 올라갔다. 그리고 그곳에서 금세 두각을 드러내면서 어린 무인들 중에 인재를 고르는 행사에 참가하여 뛰어난 성적을 거두었다. 이 시점에서 그녀는 불과 2년 만에 동생을 추월했다.

그럼에도 가문에서는 그녀를 탐탁지 않게 여겼고 어떻게든 상승무공을 익히는 것을 막으려고 들었다. 위진국 본단에서 가문의 영향력이 큰 편이었기에 상승무공을 가르쳐 줄 수 있는 지위 높은 무인들은 그녀를 받아주지 않으려고 했다.

하지만 하성지는 포기하지 않고 스스로의 힘으로 돌파구를 열었다.

당시의 화성이었던 홍주민이 일 때문에 위진국 본단에 오자 그의 앞을 가로막았던 것이다.

그것은 믿을 수 없을 정도로 대담한 행동이었다. 오성의 권위를 생각하면 호위무사들에게 죽도록 맞고 쫓겨났을 수도 있으니까.

하지만 어린 소녀의 눈이 발하는 단단하고 날카로운 의지가 홍주민의 흥미를 자극했고, 결국 하성지는 홍주민을 설득하여 그의 제자로서 총단으로 향하게 되었다.

화성의 제자로서 총단에서 경쟁하는 것도 결코 쉬운 일이 아니었다. 그래도 하성지는 해냈다. 20년의 세월이 흐르자 누구도 홍주민의 제자 중 그녀가 최고임을 의심하지 않았다.

그러나 그때쯤 하성지는 거대한 편견과 맞닥뜨려 분노하고 있었다.

어린 시절, 가문은 그녀에게 도구로서의 삶을 강요하며 말했다.

'넌 여자라서 안 돼.'

하성지의 어린 시절은 목숨을 걸고 그 편견 너머의 삶을 쟁취하는 과정이었다.

하지만 홍주민의 제자가 되어 총단으로 오자 또 다른 편견이 그녀를 옥죄기 시작했다.

'넌 위진국 출신이라 안 돼.'

별의 수호자는 너무나 거대한 집단이라 그 울타리 안에서 살아가는 것이 또 다른 세상에서 살아가는 것이나 다름없다.

그 세상의 중심은 하운국의 총단이었다.

별의 수호자의 일원들이라면 누구나 총단을 동경했다. 최고가 되려면 그곳에 가야만, 그곳에서 인정받아야만 한다고 입을 모았다.

그리고 그것은 거대한 편견과 차별을 만들었다.

총단에서 성공하는 자들 대부분은 총단 출신이었다. 그렇지 않더라도 최소한 하운국 출신이어야만 출세가 수월했다. 위진국이나 풍령국 출신은 총단에서 성공하기 위해서 몇 배나 힘든 과정을 이겨내야 했다.

하성지는 그 사실에 너무나 화가 났다.

위진국에 돌아와 보니 어린 시절에는 보이지 않은 것이 보여 더더욱 분노가 커졌다.

별의 수호자의 위진국 조직은 하운국보다는 못해도 거대하다. 그 본단에서 인정받는다면 그것만으로도 성공한 인생이다.

그랬어야 했다.

그러나 하성지가 본 그곳 사람들은 모두 주눅이 들어 있었다.

'우리는 안 돼.'

'우리가 잘나봤자 총단 사람들에 비하면 아무것도 아니야.'

하성지는 위진국 본단이 패배자들의 집합소처럼 여겨지는 것이 싫었다.

'이곳을 사람들이 자랑스러워하는 곳으로 만들고 싶다.'

하운국의 별의 수호자 사람들마저도 이곳을 동경하게 만들 것이다.

총단에 가지 못해도 위진국 본단에 속하는 것만으로도 자랑스러워할 수 있는, 그런 장소로 만들어내고야 말 것이다.

그 야심을 위해 하성지는 투쟁하기 시작했다.

하지만 살다 보니 당혹스러운 일이 생겼는데, 그녀가 목표로 하던 것 중 일부를 다른 사람이 이루어주었기 때문이었다.

인재육성계획.

운 장로가 만들어낸 그 체계는 보이지 않는, 그러나 견고하게 존재하던 편견의 벽을 약화시키는 역할을 해주었다. 그 수혜를 입지 못한 자들에게는 최악의 체계일지도 모르나 위진국 출신자들처럼 그 덕분에 활로가 열린 이들도 있었던 것이다.

하지만 여전히 충분하지 않았다. 그리고 인재육성계획은 기존에 존재하던 편견의 벽을 옅게 하는 대신 새로운 벽을 만들었다.

하성지의 싸움은 계속되었다.

그녀는 총단에서 승승장구하여 위지혁과 화성 자리를 두고 다투어 승리, 오성의 일원이 되었고 몇 년 후 위진국 본단으로 왔다.

어린 시절부터 자신을 핍박했던 고루한 가문의 어른들, 그리고 그들의 지원을 받았으면서도 크게 두각을 드러내지 못하고 적당히 위진국 본단에서 적당히 한자리 하고 있던 동생을 오성의 권력으로 밀어내고 가문을 장악했다. 그리고 자신과 뜻을 같이하는 연단술사와 혼인하여 가정을 이루었으며, 이전에 가문이 하던 것보다도 훨씬 영수 일족과 긴밀한 관계를 만들었다.

무인으로서의 투쟁과 정치적인 투쟁, 어느 쪽이나 치열하지 않은 적이 없는 삶이었다.

그렇게 시간이 흐른 만큼 많은 것을 이루었다.

그 성과를 돌아볼 때마다 흐뭇한 한편 이제 그만 쉬고 싶을 때도 있었다.

이만하면 되지 않았나.

많이 이루지 않았나.

내가 그만하더라도 나를 대신해 싸워줄 사람들도 길러내지 않았나…….

하지만 그럴 때마다 그녀는 어린 시절의 모험을 생각했다.

스스로의 삶을 살기 위한 무모하기 짝이 없는, 하지만 더없이 순수하고 진실했던 그 시절의 의지는 지워지지 않는 각인이 되어 몇 번이고 그녀를 다시 일으켜 세웠다.

'평생을 바쳐 싸울 가치를 찾아냈다는 것은 얼마나 자랑스러운 일인가.'

하성지는 자신의 인생에 감사했기에 숨이 끊어지는 그날까지도 싸움을 멈추지 않을 것이다.

4

양우전은 어둠을 응시하고 있었다.

이 어둠은 단순한 어둠이 아니다. 술법의 힘으로 탐지를 막아버리는 어둠이다. 어둠 너머에 있는 사람의 모습도, 행동도, 소리조차도 알 수가 없었다.

'느껴진다.'

보이지는 않는다. 백운지신의 기감은 일월성신처럼 기의 시각화라는 기능은 없다.

그러나 양우전은 본능적으로 안다. 타인이 통제하는 기의 흐름을.

그것은 직감이 아니다. 직감과 비슷한 형태로 찾아오지만 분명 백운지신의 기감이 수집한 정보를 뇌가 받아들인 결과다.

팟!

허공에서 작은 충격파가 터졌다.

'이것이 격공(隔空).'

기의 운화로 격공의 기를 막아냈다. 정확하게 짚어내지는 못해서 타점보다 몇 배나 넓은 범위를 방어하기는 했지만, 상대가 발하는 순간을 포착하고 해냈다는 것이 중요했다.

'분하지만 대사형, 당신의 말이 옳군. 이번에도!'

형운과 천공지체 연구실에서 대련해서 비참하게 깨졌던 것도 벌써 1년 전의 일이다.

그때 형운은 말했다.

'기의 운화가 실험실의 조건에 맞춰놓고 보면 격공의 기와 대등한 능력 같지만 실전적인 운용 면에서 보면 아직 멀었다는 걸 알겠어. 넌 그 능력으로 격공의 기를 쓰는 무인과 공방을 벌이기에는 한참 일러.'

그때 양우전은 그 말을 인정하기 어려웠다. 고집을 부리며 덤볐다가 비참하게 깨졌다.

하지만 이제는 알 것 같다. 그때 형운이 한 말이 얼마나 온화한 배려였는지.

'기공전의 시간개념 그 자체가 달라진다.'

기의 운화가 격공의 기와 대등한 능력이라고 생각했다. 현상 그 자체로만 보면 그 인식은 옳다. 아니, 응용성 면에서 오히려 더욱 뛰어날지도 모른다.

문제는 무인이 격공의 기를 터득하는 과정에서 얻게 되는 감각이었다.

격공의 기는 격공의 기에 이른 자가 아니면 그 조짐을 알아볼 수가 없다. 그리고 격공의 기에 이른 자의 정신은 일반적인 시간개념을 초월한다.

아무리 그들의 기감이, 통찰력이 극대화되었다고 해도 중간 과정 없이 날아드는 격공의 기를 정확하게 막아내는 것은 이해하기 어렵다. 어떻게 그런 방어가 가능하단 말인가?

그것은 격공의 기를 발하는 찰나에 그들의 의식이 시공간의 흐름을 초월하기 때문이다.

상대가 자신의 권역에 타점을 설정하는 순간, 그 경지에 오른 자들끼리는 마치 예지처럼 그 사실을 알게 된다. 그렇기에 격공의 기를 터득한 자들끼리의 공방에서 가장 중요한 것은 얼마나 즉시적으로 타점을 설정하고 공격을 발해서 때릴 수 있는가다. 그게 안 된다면 비효율적으로 넓은 면적을 기막으로 덮어 방어하는 수밖에 없다.

'즉 이 또한 감극(感隙)이다……!'

상대가 타점을 설정하는 순간 바로 대응할 수 있는 반응속도가 필요하다.

형운이 격공의 기를 터득한 초창기부터 격공의 기를 방어하는 능력이 훌륭했던 것에는 감극도라는 밑바닥이 있었기 때문이다.

'잡념을 떨쳐. 집중해야 해. 다음은 여기야.'

누군가 귓가에 믿음직한 목소리로 속삭여 주는 것 같다.

그 속삭임은 마치 예지처럼 들어맞는다. 양우전은 그 감각을 신뢰했다.

팟!

또다시 격공의 기를 방어하는 데 성공했다.

'약간 늦었어. 낭비가 커.'

내면의 목소리가 질책한다. 자기반성이다. 기의 운화로 방어하는 게 약간 늦어서 몸에 약간의 진동이 전해졌다. 기막을 두껍고 넓게 치지 않았다면 고통을 느꼈을 것이다.

무인이 가혹한 수련을 하는 것에는 두 가지 이유가 있다.

첫 번째는 단순히 강해지기 위해서다. 가장 우선시되어야 하는 육체의 성능을 키우고, 그것을 활용할 수 있는 기술을 터득한다.

그리고 두 번째는 이유는, 어쩌면 첫 번째 이상으로 중요하다.

그것은 자신을 신뢰하기 위해서다.

자신이 해낼 수 있다고 확신하기 위해서이며, 자신의 몸이 자신이 생각한 대로 움직여서 목표한 바를 달성할 수 있다는 믿음을 얻기 위해서다.

찰나의 판단으로 삶과 죽음이 결정되는 실전에서는 그 신뢰감이 본신 능력보다도 더 중요하다. 그리고 양우전은 그 신뢰감을 성벽처럼 견고하게 쌓아 올렸다.

백운지신의 힘을 믿고, 그 잠재력을 개화한 스스로를 믿는다.

'할 수 있어. 다음이다.'

흑영신교의 이십사흑영수, 흑면권귀와의 일전으로 그는 각성했다.

그때부터 더 이상 열등감으로부터 비롯된 목소리가 그를 괴롭히지 않았다.

그 순간 그는 무인들이 평생을 갈구하는 어떤 이상을 손에 넣었으며, 내면의 목소리는 견고한 신뢰감으로 그를 이끌어 주었다. 손에 잡힐 듯 말 듯했던 어렴풋했던 것들이 선명해졌고, 매 순간 자신이 무엇을 할 수 있는지 확신할 수 있게 되었다.

그것은 마치 기공의 상승경지에 처음 진입했을 때만큼이나 폭발적인 성장이었다.

내면에서 떠오르는 스스로의 목소리를 신뢰하기에, 양우전은 파격적인 결단도 내릴 수 있었다.

'할 수 있어. 분명 저기에 있다. 이 공격은… 닿는다.'

내면의 속삭임이 확신을 더해준다. 양우전은 행동에 나섰다.

퍼어엉!

격공의 기를 막아내는 것과 동시에 어둠의 저편을 친다.

"대단하군……!"

잠시 후, 어둠의 장막 너머에서 신음 같은 목소리가 흘러나왔다.

5

원세윤 장로는 별의 수호자 총단에서 운벽성 지부로 떠날 준비를 하고 있었다.

얼마 전의 임무를 끝으로 백운지신의 실전성 시험은 더 이상 필요 없다는 결론이 내려졌다. 모든 장로가 백운지신이 완성되었음을 인정했다.

이제는 천공지신이 그렇듯 백운지신도 최초의 사례를 만드는 단계를 졸업하고 제2, 제3의 사례를 만들기 시작할 것이다.

증명이 끝난 이상 총단에 머무를 이유는 없다. 백운지신의 연구가 이뤄질 곳은 운벽성 지부였으니까.

그것은 운 장로의 구상을 위해서도 필요했다. 백운지신의 연구 성과가 인정받았기에 이번에 내려갈 때 운벽성 지부로 새로운 인력이 대거 함께 이동할 예정이었다.

'양우전의 상태는 완벽해.'

마무리 단계에서 양우전은 기대 이상의 모습을 보여주었다.

백운지신의 능력을 능수능란하게 사용하는 것은 물론이고 무인으로서도 현격히 발전된 모습을 보여주었다. 호용아가 이끄는 척마대가 큰 피해를 보았던 임무는 그에게 무인으로서의 각성의 계기가 된 것 같았다.

며칠 전, 운 장로와 원 장로의 청으로 양우전을 상대해 준 성운검대주 양준열은 놀람을 금치 못했다.

'백운지신의 힘은 하늘이 내린 재능과 필적한다. 아마 양우전은 가까운 시일 내로 격공의 기를 얻을 것이다.'

그것은 정말 놀라운 평가였다.

양우전은 아직 스물한 살밖에 되지 않은 새파랗게 어린 청년이다. 올해가 두 달밖에 남지 않았지만 한 살 더 먹는다고 해도 스물두 살에 불과하다.

그런데 기공의 상승경지에 오른 것으로도 모자라서 곧 격공의 기를 터득할 것이라니?

물론 세상에는 워낙 걸출한 예외들이 존재한다.

형운은 예외 중에 예외라고 쳐도 서하령은 스물한 살에 격공의 기를 터득했다.

하지만 서하령은 하늘이 내린 재능의 화신이라는 성운의 기재였으며, 그중에서도 그 재능이 각별하다는 평가를 받는 인물이다. 양우전이 어려서부터 기재라는 평가를 들었지만 서하령과 재능을 비교하기에는 무리가 있었다.

이 사실이 의미하는 바는 명확하다.

일월성신인 형운이 그랬듯, 백운지신은 하늘이 내린 재능과 필적하는 가치를 지닌 육신이다.

'새삼스럽지만 영성… 정말 괴물 같은 사람이로구나.'

별의 수호자는 이 시대 연단술과 의학의 정점에 서 있으며 무공 역시 학문적인 접근에 있어서는 제일을 다투는 조직이다.

백운지신과 천공지체는 그런 조직의 최고 지성인들이 주도하여 전통적인 방식대로라면 수천 명의 무인을 육성할 수 있는 인적, 물적 자원을 투자한 끝에 그런 성과를 거둔 것이다.

즉 양우전 한 사람을 백운지신으로 만든 비용이라면 수십 개의 조직을 창설하여 운용할 수 있다. 가격 대 성능비 따위는 애당초 고려하지 않은, 순수하게 진보에 대한 광기로 탄생시킨 걸작이 바로 양우전이다.

그런데 귀혁은, 정확히는 그가 계승한 성운을 먹는 자 일맥은 그런 압도적인 투자 없이 개인 혹은 소규모 연구를 대를 이어 계속하는 것만으로 형운이라는 일월성신을 완성시켰다. 그리고 이 성과가 없었다면 백운지신도, 천공지체도 성립할 수 없었다.

이 얼마나 무서운 업적이란 말인가.

"엉망이네요. 다음에 들어오는 사람들 정리하느라 힘 좀 쓰겠네."

양우전이 실험실에서 나오면서 말했다.

모두들 떠날 채비를 마쳤기에 이곳에는 원 장로와 그밖에 없었다. 연구진이 필요한 자료와 도구만 챙기고 나머지는 대충 방치해 뒀기에 연구실의 풍경은 너저분했다.

원 장로가 말했다.

"수고했다. 그동안 정말 잘해줬어."

"뭘 다 끝난 것처럼 말씀하십니까. 이제부터 시작인데."

양우전이 시큰둥하게 말하면서 원 장로 앞에 앉았다.

백운지신의 가치를 증명하는 과정은 끝났다. 이제 양우전에게는 충분한 보상이 이루어질 것이다.

원 장로가 서류를 정리하며 말했다.

"운벽성에 돌아가는 대로 너는 척마대 부대주가 될 것이다. 동시에 운벽성 척마대 지부장이라는 직함을 달게 되겠지."

순간 양우전은 벌떡 일어날 뻔했다.

등줄기를 타고 전율이 일어났다. 온몸이 흥분으로 떨리기 시작했다.

"정말입니까?"

"내가 빈말을 한 적이 있더냐?"

"없지요. 죄, 죄송합니다."

"기쁜가 보구나."

"음……."

그 말에 양우전은 원 장로 앞에서 한 번도 보여준 적이 없는 표정을 지었다. 흥분으로 붉어진 얼굴로 부끄러운 듯 시선을 피한다.

"솔직히 그렇군요. 갑자기 확 실감이 납니다."

그의 나이를 생각하면 정말로 기나긴 인내의 시간이었다. 이제는 목표를 달성했다는 것을 알지만, 그럼에도 진짜로 그 사실을 실감한 것은 백운지신 연구의 성공 사례 이후의 삶을 제시받은 이 순간이었다.

"다른 자리도 생각해 보았다. 후보는 여럿 있었지. 중소 규모의 단주직도 몇 있었고, 부대주직도 있었다."

양우전의 나이와 경력상 대주직에 앉히는 것은 무리였기에 그 정도가 고려되었다.

"하지만 지금으로서는 이 자리가 가장 네가 기뻐할 자리 같아서 골랐단다."

단순히 경력만을 따진다면 다른 자리가 더 안전하고 좋을 수도 있었다.

하지만 원 장로는 양우전이 품고 있는 열망을 알고 있었다.

긴 고통과 인내로 쌓아 올린 자신의 능력을 발휘하고 싶다. 사람들에게 인정받고 싶다…….

그는 수없는 검증을 거치면서 지쳐 있었다. 그저 자신이 특별하다는 자존심과 강해지고 있다는 실감, 이 고난의 끝에 기다리고 있을 과실을 기대하며 버텨냈을 뿐.

양우전은 원 장로가 기대한 것 이상으로 잘해주었다. 그러니 그만큼 크게 보상해 주고 싶었다.

척마대 지부장은 양우전에게는 가장 좋은 보상이 될 것이다. 양우전은 조직을 운영해 본 적이 없지만 거기에 대해서는 전문가들을 붙여서 보좌해 주면 될 터.

"……."

양우전은 잠시 동안 멍하니 원 장로를 바라보았다.

'네가 기뻐할 자리 같아서'라니, 원 장로의 입에서 들을 것이라고는 생각도 못 해본 말이었다.

아니, 생각해 보면 누구에게도 그런 말을 들어본 적이 없는 것 같다. 부모도, 가문도, 그의 뒷배가 되어준 자들도 모두 그의 마음이 어떤지를 우선하지 않았다.

좋은 기회니까, 장래에 좋으니까, 너를 위한 것이니까…….

양우전은 그런 말들만 들으면서 살아왔다. 그들은 그 일이 양우전을 기쁘게 해서 고르는 것이 아니라, 그런 일을 해줬으니 양우전이 기뻐하는 것이 당연하다고 여겼다.

그래서 지금 원 장로가 아무런 사심도 없이 순수한 마음에서 던진 한마디는 기습처럼 가슴에 틀어박혔다.

"왜 그러느냐?"

원 장로가 의아해하며 물었다.

순간 양우전의 얼굴이 신기할 정도로 확 붉어졌다. 양우전은 얼굴을 가린 채로 더듬더듬 말했다.

"가, 감사합니다. 정말… 제가 바라던 자리였습니다."

가슴속에서 샘솟는 감정이 낯설고 당황스러웠다. 살면서 언제 이런 감정을 느껴보았던가.

그 감정은 추운 겨울날 모닥불의 온기처럼 따뜻하고 이상할 정도로 낯간지러운 것이라 양우전으로서는 두려운 마음마저 들 정도였다.

원 장로가 빙긋 웃으며 말했다.

"기뻐해 주니 다행이구나. 나름 고심해서 골랐거든."

그녀는 양우전이 부끄러워하는 것을 모른 척해 주었다.

한참 후에야 감정을 가라앉힌 양우전이 조심스럽게 입을 열었다.

"한 가지 여쭤봐도 되겠습니까?"

"무엇이 궁금하느냐?"

"지난번에 장로님께서는 말씀하셨지요. 미래를 쓰는 사람이 되고 싶다고."

"그랬었지."

원 장로에게는 개인사를 누군가에게 털어놓는 일이 별로 없었다. 그래서인지 작년에 양우전과 나눴던 대화도 금세 기억이 났다.

"그건 어떤 의미입니까? 그때부터 죽 생각해 봤지만 모르겠더군요."

"이런. 나도 모르게 네게 난제를 던진 모양이구나. 그렇게 심오한 문제는 아니었는데."

원 장로는 실소하고는 말했다.

"예전에 나는 내가 굉장히 똑똑하다고 생각했던 적이 있었단다. 어린 시절의 치기였지."

"…똑똑하시지 않습니까?"

양우전이 어이없어하며 물었다. 중원삼국을 아우르는 별의 수호자라는 거대한 조직의 정점에 선 최고의 지성인 열두 명 중 한 명이면서 저런 소리를 하다니?

"멍청하지는 않지. 여기까지 왔으니 내 스스로 멍청하다고 하는 것은 다른 사람에 대한 모독이 될 것이야. 하지만 난 어느 순간 깨달았단다. 난 그리 똑똑한 사람이 아니라고."

6

원세윤은 부모의 얼굴을 기억하지 못했다.

어린 시절의 그녀는 산적 소굴에서 족쇄를 찬 채 그들의 화풀이 대상이 되어 살아가고 있었다. 그러다가 일곱 살 무렵 별의 수호자의 상단을 공격했던 산적들이 몰살당하고, 잡혀 있던 사람들이 풀려나게 되자 갈 곳이 없어졌다.

다행히 산적들을 토벌한 별의 수호자의 무인이 그녀의 처지를 알고는 운벽성 지부의 사업체에 보내주었다. 상단에서 허드렛일을 해야 했지만 그래도 숙식을 제공해 주었고 윗사람들이 산적들처럼 화풀이로 잔혹한 폭력을 휘두르지도 않았기에 살 만한 환경이었다.

하지만 만족스럽지는 않았다.

1년이 지나자 상단의 총관이 원세윤을 눈여겨보았다. 그녀가 셈을 능숙하게 할 줄 알아서 일꾼들이 의지한다는 소문이 났기 때문이었다.

원세윤을 놓고 일종의 면접을 본 총관은 놀람을 금치 못했다.

'글과 셈법을 혼자 배웠다고?'

원세윤은 교육을 받아본 적이 없었다. 그런데 어깨너머로, 그리고 눈치로 배워서 머릿속에서 독자적인 셈법을 만들어 쓰고 있었는데 이것은 정식으로 교육받은 사람들 입장에서는 초보적이긴 했지만 이치에 맞는 것이었다.

더 놀라운 것은 그녀가 글을 읽고 쓸 줄 안다는 것이었다. 사람들에게 한두 글자씩 물어 배운 것으로 기초적인 읽고 쓰기를 할 줄 알게 되었으니 놀랄 수밖에.

총관은 처음에는 원세윤의 말을 의심했다. 하지만 한번 자기 밑에서 일을 돕도록 해보니 그녀의 말이 사실임을 알 수 있었다.

일을 배우는 것이 너무나 빨랐다.

모르는 글씨나 용어는 두 번을 물어보는 적이 없었다. 스쳐가듯 한마디를 던져주기만 해도 완벽하게 기억하고 이해했다.

'허어, 아무래도 넌 이런 곳에서 일하기에는 너무 아깝구나.'

처음 한 달간 총관은 그녀를 자신의 후임으로 키울 생각이었다. 하지만 반년이 지나자 자신이 그녀를 데리고 있는 것이 그녀의 재능에 대한 모독이라고 여기게 되었다.

총관은 자신의 인맥을 총동원해서 운벽성 지부의 연단술 교육원에 추천해 주었다.

지부라고는 하나 별의 수호자의 연단술 교육원에 들어가는 것은 결코 쉬운 일이 아니었다.

하지만 원세윤은 그 속에서 빠르게 두각을 드러냈다. 남들보다 입문이 늦었기에 반년 정도는 하위권이었지만 불과 1년이 지났을 무렵에는 동년배 중에는 경쟁자로 나설 이조차 없을 정도로 뛰어난 성적을 거두었다.

그럼에도 원세윤은 좀처럼 승급을 할 수 없었다. 그녀 정도로 뛰어난 성적을 거두었으면 한 단계에 오래 묶여 있는 것이 의미가 없으니 빠르게 승급을 시켜줘야 하지만, 그녀는 운벽성 지부의 연단술 교육원에 들어간 지 7년이 되도록 중급 교육 단계에 묶여 있었다.

이유는 원세윤이 부모 없는 고아인 데다가 그럴싸한 연고도 없어서였다. 그녀의 재능이 우월하기는 하지만 인재는 많고 승급의 자리는 항상 한정되어 있었다.

당시의 원세윤에게는 치명적인 약점이 있었으니 그것은

바로 사회성 부족이었다. 교사들은 그녀를 연구나 실험을 할 때 편리한 도우미로 이용해 먹을 뿐이고 그 대가로 무언가를 주지 않았다.

원세윤은 교육원에 들어오는 순간부터 자신을 향한 배척에 적대적으로 반응했다. 교사들은 부조리의 화신으로 보였고, 교육생들은 실력도 없는 주제에 노력도 안 하는 얼간이들로 보였으니까.

당연히 그녀는 고립되어 있었다. 너무 뛰어나서 가끔씩이라도 승급을 시켜주긴 시켜줘야겠지만 그뿐인, 그런 사람이 되고 말았다.

그런데 7년 동안이나 원세윤을 가로막던 부조리한 장벽은 어느 날 갑자기 부서지고 말았다.

인재육성계획이 시작되었던 것이다.

기본적으로 인재육성계획은 인맥을 통해서 인재를 추천받고 관리하는 제도다. 즉 지금까지도 관습적으로 이루어지던 것을 아예 체계화한 것이다.

하지만 운중산 장로는 인재육성계획을 도입하면서 연단술사들에게는 다른 분야보다 훨씬 엄격한 제약을 걸었다.

'추천권을 가진 자가 추천한 인재를 평가하는 시험을 지속적으로 실시한다. 이 시험을 통과하지 못하는 인재를 추천하는 자에게서는 벌점을 매기며, 이런 일이 반복되었을 경우 추천권을 박탈할 것이다. 반대로 이 시험에서 우수한 성과를 거두는 인재를 추천하는 자에게는 그만한 보상이 돌아갈 것이다.'

또한 운 장로가 이미 검증된 실력자들을 모아 구성한 평가 시험은 관리자들에 대한 상벌을 확실히 함으로써 어설픈 수작을 부릴 수 없는 체계를 짜두었다.

이리되자 원세윤에게도 기회가 왔다. 고만고만한 수준이라면 모를까, 다른 교육생보다 압도적으로 뛰어난 그녀를 추천하는 것만으로도 자신에게는 이득이 된다고 여기는 교사들이 나온 것이다.

원세윤은 지금까지의 고난이 거짓말이었던 것처럼 수월하게 승급을 하고, 추천을 받아서 인재육성계획의 평가 시험을 보게 되었다.

그리고 운 장로와 일대일로 대면하게 되었다.

운 장로는 원세윤에게 시험의 내용에 대해 이야기를 나누는 대신 지난 삶에 대해서 물었다. 평가 시험의 결과를 보면 원세윤은 총단의 교육원에서도 최고를 다툴 만한 천재였다. 그만한 인재가 7년 동안이나 중급 교육생으로 정체되었던 이유가 궁금했던 것이다.

사회성이 부족했던 원세윤은 별로 말재주가 뛰어난 사람

이 아니었다. 그저 자신을 가로막았던 것에 대한 삐딱한 적대감을 드러낼 뿐이었다.

하지만 운 장로는 화자가 제대로 설명해 줄 것을 기대하기보다는 자신이 원하는 대답을 듣기 위한 질문을 던질 줄 아는 사람이었다. 그가 던지는 질문에 대답하던 원세윤은 놀라운 깨달음을 얻었다.

'아, 내 삶이 이러했던가?'

그의 질문을 듣고 생각해 보니 자신의 삶이 객관적으로 보였다. 스스로도 알아차리지 못했던 마음을, 무의식을 지배하던 울분을 알게 되었다.

원하는 이야기를 다 들은 운 장로가 탄식했다.

'하늘이 내린 재능을 가졌지만 너무나 우둔하구나. 하긴 세상에는 너처럼 똑똑한 바보가 많단다. 세상을 위한 재능을 가졌지만 이 진흙탕 같은 세상 속에서 그 재능을 꽃피우기에는 천운이 필요하지. 너는 이제 스스로의 우둔함을 알고 반성해야 할 것이다. 세상이 더러움은 당연한 것이니, 진정 바라는 것을 얻기 위해서는 세상을 네가 바라는 대로 바꿀 수 있어야 한다.'

담담한 운 장로의 말은 마치 망치로 때리듯 원세윤의 머리를 강타했다.

그녀는 자신을 가로막는 부조리함에 분노했지만 그것을 타파할 구체적인 방법을 궁리해 보지 않았다. 이제 와 생각해 보면 절대 깨지지 않는 성벽에 미련하게 들이받으며 피투성이가 되어온 꼴이었다.

'나는 네 우둔함을 반성할 기회를 주었다. 그러니 이제부터 과연 네 자질이 그런 기회를 얻을 가치가 있었는지 증명해 보거라.'

운 장로는 원세윤을 총단의 연단술 교육원으로 보내주었다.

그곳에서 원세윤은 물을 빨아들이는 솜처럼 빠른 속도로 지식을 배우며 승급했다. 여전히 그녀는 압도적이었다. 연단술의 성지라 할 만한 총단의 교육생 수준은 운벽성 지부보다 현격히 높았지만, 그럼에도 감히 그녀와 경쟁할 만한 자를 찾기 어려웠다.

하지만 원세윤은 오만해지지 않았다.

총단에 와서 그녀의 세계는 넓어졌다. 운벽성 지부의 연단술 교육원이 좁은 물이었던 것처럼, 이곳도 세상의 전부가 아니었다.

자신이 노니는 곳에서 최고의 자리를 가졌어도 밖으로 눈을 돌려보면 감탄이 나오는 사람들이 많았다. 특히 장로들의 연구 성과는 볼 때마다 감탄을 넘어서 아득한 절망감마저 느껴졌다.

'세상을 바꾸고 싶다.'

그 전에 자신부터 바꾸었다.

반감이나 적대감을 감추는 법을 익혔고, 객관적으로 자신보다 못한 이라도 장점을 찾아 인정하는 겸허함을 키웠다. 특별하게 사교성이 뛰어나고 매력적이지 않더라도 그것만으로도 그녀는 적 대신 많은 아군을 만들 수 있었다.

모든 것을 혼자서 할 때보다 여럿이 모여서 공부하고 연구하는 것만으로도 놀라운 진보가 가능함을 알았다. 사람의 특성을 파악하고, 자신이 필요한 사람을 골라서 다루는 능력은 높이 올라가기 위해서는 반드시 필요한 능력이었다.

'그분이 보는 것과 같은 높이에서 세상을 보고 싶다.'

그런 마음으로 원세윤은 정진했다. 그녀는 눈부신 속도로 승급하여 교육생 신분을 졸업하고 정식 연단술사로 일하게 되었다.

그런 그녀를 장로들이 눈여겨보는 것은 당연했다. 여러 장로가 제안했지만 그녀는 고민할 것도 없이 운 장로의 손을 잡았다.

처음에 운 장로는 원세윤을 유망한 연구 계획에 참가시켰다. 그녀가 맡기는 일마다 착실하게 성과를 내자 좀 더 큰 권한을 주었고, 그러다가 어느 순간 호 장로의 밑에서 장로직을 위한 경력을 쌓게 되었다.

요약하면 간단하지만 이 과정은 단순하지 않았다. 원세윤은 수많은 경쟁자와 연단술사의 능력만이 아니라 정치력과 관리자로서의 능력까지 겨뤄야 했다. 그 모든 것을 갖춘 자만이 별의 수호자의 정점에 서는 열두 자리를 거머쥘 수 있기 때문이다.

그 과정에서 원세윤은 절망했다.

'나는 너무나 우둔하고 부족하다.'

경쟁자들이 들었으면 미치고 환장할 이야기였다.

장로의 자리에 오르기까지 그녀는 모든 능력을 증명했다. 연단술사로서의 능력은 물론이고 기환술과 무공에 대한 학문적인 이해, 조직 관리력, 정치력 등 모든 분야에 걸친 종합력을.

하지만 정작 원세윤은 본인은 스스로의 그릇에 한계를 느끼고 절망했다.

'나는 아무리 발버둥 쳐도 최고가 될 수 없다. 내가 살아서 개척하는 모든 것은 미지가 아니라 이미 누군가 지나간 자리에 등불을 비추어 그것이 길이었음을 증명하는 것에 불과하다.'

자신의 업적으로 세상을 바꾸고 싶었다. 그로써 연단술을 진일보시켜 자신의 삶을 가치 있게 만들어준 것에 대한 은혜를 갚고 싶었다.

하지만 연단술은 너무나 오래전에 최고의 자리가 결정되어 버린 학문이었다.

성존.

저 하늘의 신들조차도 인정한 역사상 최고의 천재.

인류 최고의 지성인들이 모여 1300년간 해온 모든 일이 그가 지나간 궤적을 더듬는 것에 지나지 않았다. 원세윤은 자신의 인생 또한 그 수준을 벗어날 수 없음에 절망했다.

그 절망이 그녀에게 겸허함을 가르쳐 주었다.

그렇다면 성존과 같은 높이를 꿈꾸는 대신 그가 너무 빠르게 지나가느라 할 수 없었던 일을 해내자. 그런 마음가짐으로 연단술사로서 업적을 쌓아나갔고 마침내 백운지신을 완성해냈다.

그런 한편 원세윤은 현실적인 꿈을 꾸었다.

7

"…연단술사로서 할 수 있는 일은 미래를 써나간 누군가가 남긴 과거의 자취를 더듬는 것에 지나지 않았다. 그러나 별의 수호자라는 조직의 장으로서는 미래를 개척하는 사람이 될 수 있을 것이다."

운 장로는 세상을 바꾸었다.

그가 세상을 바꾸어준 덕분에 지금의 원세윤 장로가 있을 수 있었다.

"처음에는 나는 그분의 업적의 수혜자였다. 시간이 지나자 그분이 미래를 써나가는 일을 돕는 사람이 되었지. 그러다 보니 욕심이 생겼단다."

운 장로는 고령임에도 놀랍도록 활력 넘치는 사람이다. 젊은 시절부터 노년에 대한 대비와 노력을 아끼지 않은 성과이리라.

하지만 그 역시 인간이니 언젠가는 경력을 끝내고 물러나게 될 것이다. 어쩌면 그날은 그리 멀지 않았는지도 모른다.

그렇다면 그 뒤를 잇는 것은 자신이어야만 한다. 다른 누구에게도 그 자리만은 양보할 수 없었다.

"나는 그분의 후계자가 되어 이 거대한 조직의 미래를 써 나가는 사람이 되고 싶단다."

그것이 원 장로가 오랫동안 품어온 꿈이었다.

그녀의 이야기를 다 들은 양우전이 말했다.

"장로님께서도 최고가 되고 싶으신 거군요. 다만 장로님께서는 원하는 것을 이루기 위한 수단으로서 최고가 되는 것을 필요로 한다……."

"그렇게 되겠구나."

빙긋 웃는 그녀를 보는 양우전은 경외감을 느꼈다.

'크다. 너무나도…….'

그는 최고가 되는 것 자체가 목적이었다.

자신이 걸어온 길을 인정받고 싶다. 무인으로서 정점에 오르고 싶다. 그렇게 단순하고 명쾌한 야망을 불사를 뿐이었다.

하지만 원 장로의 인식은 훨씬 더 거대했다.

그녀가 절망한 것은 너무나 우수하기 때문이다. 범인은 감히 목표로 삼을 엄두조차 내지 못하는 저 아득한 천공을 목표로 삼지 않았다면 절망할 일도 없었을 것이다.

어쩌면 장로들은 다들 그랬을지도 모른다는 생각이 들었다.

범인이 보기에는 이해할 수 없을 정도로 뛰어난 지성과 능력을 갖고 있는 그들은 일찌감치 원 장로와 같은 절망을 느꼈으면서도 한 걸음 한 걸음, 저 아득한 천공에 닿기 위한 족적을 역사에 새겨온 것이리라.

8

형운은 닷새간 가려를 피해 다녔다. 그녀에게 한 언행이 당황스럽고 창피해서 밤에 잠을 자다가도 몇 번이나 이불을 뻥뻥 차면서 다시 깨어나고는 했다.

은신 호위를 기본으로 하는 가려를 피해 다니는 것은 대단한 고난도의 작업이었다. 하지만 형운이 최선을 다한다면 어떻게든 가능한 일이었고, 거기서 형운의 의지를 느낀 가려는 며칠 동안 그를 가만히 두었다.

형운은 그동안 운성왕자와 루안, 라이간과 교류하며 시간을 보냈지만 그것도 한계가 있었다.

슬슬 그들이 황궁을 향해 떠날 때가 다가왔기 때문이다. 자연스럽게 형운과 가려도 떠나게 되었다.

당연히 가려와 이야기를 할 수밖에 없는 상황이었다.

'어쩌지? 으으…….'

이미 답을 뻔히 알고 있는 문제 앞에서 어린아이처럼 고민하는 형운에게 시비가 와서 가려의 편지를 전해주었다.

지금 머물고 있는 숙소가 아니라 성벽 밖의 야산에서 보자는 편지였다.

형운은 은밀하게 편지에 그려진 약도가 가리키는 곳으로 향했다.

사아아아…….

수풀 사이로 바람이 불었다.

시기는 11월 초, 벌써 겨울의 추위가 닥쳐와야 할 시기지만 대륙 최남단인 해룡성은 따뜻했다. 눈을 구경할 일이 거의 없다고 할 정도니 그만큼 북부와는 기후의 차이가 큰 것이리라.

아직도 푸르른 야산에 오르던 형운은 공터에 선 채로 기다리고 있던 가려를 발견했다.

'누나의 은신술은 정말 놀라운 경지에 올랐구나…….'

가려가 공터 한복판에 서 있는데도 모습이 보이지 않는다. 기척도 느껴지지 않는다. 냄새조차 전해지지 않는다.

심지어 기를 시각화해서 보는 일월성신의 눈으로도 그녀의 모습이 주변과 동화되어 보인다. 천라무진경을 통달한 서하령도 지금의 가려를 발견할 수 없을 것이다.

형운이 가려의 존재를 눈치챈 것은 어디까지나 그녀가 자신을 보았기 때문이다. 한번 접한 기파를 눈치채는 일월성신의 능력으로도 그녀를 포착할 수가 없었다.

'어쩌면 누나는 순수한 은신술로는 자혼 선배를 능가했을

지도…….'

그런 생각마저 들었다.

자혼의 능력은 순수한 은신술에 국한되지 않는다. 영수의 능력으로부터 비롯되는 술법, 변신 능력, 변신 능력을 완성시키는 연기력까지 그녀는 아주 폭넓은 능력을 두루두루 최고 수준까지 갈고닦았다. 그리고 그것을 연계함으로써 예측이 무의미한 상승효과를 발휘한다.

하지만 그저 순수한 은신술 하나만을 본다면 어떨까?

자혼은 가려를 제자로 들였지만 단순히 '가르치는 대상'이 아니라고 했다. 자혼과 가려는 서로에게 있어 홀로 고독하게 개척해 왔던 은신술의 지평을 넓혀주는 공동 연구자였다.

즉 제자로 들이던 시점에서 이미 자혼도 가려를 통해 얻을 것이 있었다는 의미다. 그런 가려가 자혼에게 배워 더욱 발전한 지금은 도대체 어느 정도 경지에 오른 것일까?

"오셨군요."

목소리와 함께 가려가 모습을 드러냈다.

그녀는 가면을 쓰고 있었다.

자혼이 준 가면은 뛰어난 기보로 번거로운 술법 처리 없이도 자유자재로 형상을 바꿀 수 있는 가면이다. 그 가면은 지금 가려의 얼굴 위쪽 절반을 가리는 검은 나무 가면의 형태를 취하고 있었다.

문득 가려가 형운을 가만히 바라보다가 입을 열었다.

"고작 닷새 만인데… 굉장히 오랜만에 보는 기분이 듭니다."

"나도 그렇네요."

형운은 가려가 자신과 똑같은 생각을 했다는 사실에 신기함을 느끼며 고개를 끄덕였다.

가려는 왜 가면을 썼을까?

시선을 통해 읽히는 감정만으로는 알 수 없었다. 오히려 어설프게 단서가 제공되자 오만 가지 상상이 일어서 혼란스러웠다.

"누나, 오늘 이곳을 떠나야 해요."

"그럴 것 같았습니다."

"피해 다녀서 미안해요. 그냥 좀… 부끄러웠어요."

형운이 볼을 긁적였다.

말해놓고 나니 정말 부끄러웠다. 말 한 마디 잘못한 게 창피해서 닷새 동안 도망 다니다니.

하지만 정말 어쩔 수가 없었다. 그동안 수도 없이 가려를 찾아가 보려고 했지만 그럴 때마다 마음속에서 오만 가지 상상이 떠오르면서 발걸음이 떨어지질 않았다.

그래서 이 상황이 고마웠다. 그동안 자신을 내버려 두다가 설명도 안 한 사정을 짐작하고 먼저 불러준 가려가 고마웠고.

가만히 형운을 바라보던 가려는 문득 뭔가를 던졌다.

"음?"

형운이 받아 들고 보니 무흔검이었다.

"오랜만에 공자님 검술이나 점검해 보지 않겠습니까?"

가려는 그리 말하며 검을 뽑아 들었다. 그녀가 원래 쓰던 검이었다. 별의 수호자의 제작부에서 만든 검.

"검술이라… 오랜만이군요."

형운은 왜 그러냐고 묻지 않았다. 왠지 그녀의 마음을 알 것 같았다. 어떻게 말을 나눠야 할지 고민하는 것보다 검을 겨룰 생각을 하는 것이 훨씬 마음이 편하다.

"지금은 쌍단봉이 더 익숙하실지도 모르겠군요."

"그럴걸요."

쌍비룡 권우라는 위장 신분은 제법 오랫동안 준비한 역작이었다. 그만큼 쌍단봉을 활용하는 기술도 깊게 연구하고 열심히 훈련한 결과물이다.

그에 비해 검술은 제대로 연마한 지 오래되었다. 형운은 심검을 심즉동으로 펼치는 경지에 올라 있지만 그것은 검술의 극의를 얻었기 때문에 가능한 것이 아니다. 그저 무극의 권을 터득한 자로서 귀혁의 가르침에 따라 심상경의 영역에서 할 수 있는 일을 확장한 것에 불과하다.

형운의 검술은 권술에 비하면 조악하기 그지없다. 양쪽의 수련치가 아득하게 차이 나니 당연했다.

하지만 그 조악함은 꽤나 기괴한 조악함이었다.

채채채채챙!

두 사람의 검이 휘둘러지는 궤적이 현란하게 교차하면서 불꽃이 튀었다.

형운은 담담하게 가려의 검세를 받아내고 있었다. 수비를 강요받고 있지만 기이할 정도로 견고하고 안정된 형태다.

분명 형운의 검술은 권술보다 훨씬 조악하다. 하지만 그 조악함을 조악하면서도 강한, 이상한 상태로 만들어주는 특성들이 있다.

일월성신의 특성으로 형운의 검술 동작 하나하나는 수만 번은 반복 훈련 한 것처럼 높은 완성도를 자랑했다. 그 동작의 연계가 감각적이지 못하다고는 하지만 검술에서 상정하고 있는 상황 대응만은 깔끔하게 해낸다.

초인적인 신체 능력과 감극도가 있기 때문이다. 흐트러짐이 발생해도 극한의 반응 속도가, 그리고 비상식적인 신체 능력이 그 흠을 메워 버린다.

그리고 설령 분야가 다르다고는 해도 이미 형운은 권사로서 고절한 경지에 이른 인물이다. 수많은 수련 경험과 전투 경험을 겸비한 그는 어떤 무기를 들어도 간격을 파악하고 방어를 펼치는 데 어려움을 느끼지 않았다.

하지만 가려는 그런 형운을 너무나도 잘 아는 사람이었다.

"윽!"

견고한 방어를 구축하던 형운이 신음하며 물러났다.

가려의 검이 절묘한 변화를 일으키면서 그의 방어를 비집고 들어왔기 때문이다. 첫 번째 변화로 감극도의 대응을 요구하고, 대응이 일어나는 순간 다시 두 번째 변화로 약간 버거운 대응을 요구하고, 그리고 세 번째 변화로 거짓말처럼 그 사이를 찌르고 들어온다.

"공자님은 검을 들면 검을 신뢰하지 못한다는 것이 너무 티가 납니다. 잘 휘두르지만, 그저 잘 휘두를 뿐."

가려는 형운의 문제를 꼬집으며 계속해서 검격을 펼친다.

형운의 방어는 더 이상 철벽이 아니었다. 한 걸음 물러나자 두 걸음을, 두 걸음을 물러나자 세 걸음을… 계속해서 물러나면서 가려의 검을 피하는 데 급급했다.

그 상황을 막기 위해 형운은 더 빠르게 움직였다. 찰나를 포착하는 반응 속도와 섬전 같은 움직임으로 상황을 바꿔보려고 하지만…….

"큭……!"

움직임이 가속하기 전에, 형운이 원하는 변화를 일으키기 전에 가려의 검이 거짓말처럼 그 사이로 파고들면서 맥을 끊어버린다.

공방을 벌이면 벌일수록 형운의 부담이 눈덩이처럼 가중되어 갔다. 사고의 폭이 좁아지고 순간순간을 모면하는 데 급급하게 된다.

그에 비해 가려 자신은 거의 부담 없이 상황을 통찰하며 원하는 대로 이끌어 나가고 있었다. 그것은 그녀가 상황을 주도하는 입장이어서만은 아니다.

'무심(無心)으로 변화를 관조한다. 변화를 일으킬 순간만을 포착할 뿐, 어떤 변화를 일으킬지는 의도하지 않아. 상황에 맡기고 흘러가는 혼돈이야.'

마치 가랑잎이 바람에 흩날리는 것을 지켜보는 것과 같다. 그 흐름을 지켜보다가 필요한 순간에 살짝 개입하여 불규칙한 변화를 일으켜 줄 뿐.

'누나는 자기만의 검술을 얻었어.'

형운은 새삼 자신과 그녀의 검술의 차이를 실감했다.

형운에게 있어서 사실 검은 방해물이었다. 자신의 손발에 비해 신뢰할 수 없고, 마음먹은 대로 움직여 주지 않는 도구.

그러나 가려에게 있어서 검은 도구이되 자신의 손발만큼이나 익숙하고 신뢰할 수 있는 도구다. 도구이기에 언제든지 버리고 대체할 수 있지만, 쥐고 있는 순간에는 손발과 다름없이 자신과 일체로 인식하는 존재.

어쩌면 그것이 고대 검술에서 이야기하는 신검합일(身劍合

一)의 경지인지도 모르겠다. 격공의 기를 통해서, 심상경을 통해서 현실화된 기술로서가 아니라 검술을 연마하는 자라면 누구나 목표로 해야 하는 관념적인 경지.

"…왠지 좀 화가 나는군요."

결국 가려의 칼끝이 자세가 흐트러진 형운의 얼굴 앞에 들이대지는 것으로 검술 대련이 마무리되었다.

"뭐가요?"

"공자님은 검술에는 불성실하기 짝이 없으신 분입니다. 검술을 깊게 파고든 적도 없고 애착도 없고 최근에는 아예 검술을 연마하신 적도 없죠."

"아, 아니… 저도 수련 도중에 종종 검술 수련도 하긴 했는데……."

"그걸 검술 수련이라고 할 수 있습니까? 심검 수련이라고 하시죠?"

"……."

가려가 가면을 눈을 부라리자 형운이 찍소리도 못 하고 입을 다물었다.

"그런데 정작 심검을 자유자재로 펼치는 데다, 오랫동안 제대로 수련도 안 하고 손 놓고 있던 검술이 이 정도라니… 검을 대하는 인식이나 기술은 서투르기 짝이 없는데도 이렇게나 상대하기 힘들다니 울컥하는군요."

그녀의 시선이 부담스러워진 형운은 슬그머니 눈을 피해서 딴청을 피웠다.

“그놈의 일월성신, 정말로 불합리의 극치입니다. 손 놓고 눈길조차 안 줘도 기술이 녹슬지도 않고, 재능 없다고 노래를 부르시면서 무슨 기술이든 한 번 보면 그대로 척척 따라 하고, 아무리 많이 먹어대고 뒹굴뒹굴해도 살이 찌지도 않고.”

“…….”

마지막에 엉뚱한 원한이 섞인 것 같지만, 왠지 그걸 지적하면 안 될 것 같았다.

그렇게 한바탕 쏟아낸 가려가 한숨을 푹 쉬더니 말했다.

“그동안 죽 생각을 해봤습니다.”

“…뭘요?”

“공자님께서 지난번에 말씀하신 질문에 대한 답을.”

형운은 그녀가 영무진 토벌에 난입하기 전, 해안가에서 나눴던 대화를 이야기하고 있음을 알아차렸다. 그러자 갑자기 긴장감이 몰려와서 저도 모르게 침을 꿀꺽 삼키며 그녀의 말을 기다렸다.

“많이 생각해 봤습니다. 제가 과연 그럴 수 있을지를.”

그때 형운은 새로운 조직을 만들면 가려가 자신의 호위가 아닌 조직의 2인자가 되어주길 바란다고 말했다.

그것은 가려에게 실질적으로 조직을 관리하는 역할을 맡

긴다는 것이다. 가려는 과연 자신이 겉으로 드러나서 많은 사람들을 대하는 일을 해낼 수 있을지를 생각했다.

임무를 받아서 수행할 때는 일상에서 어려워하는 부분들을 떨쳐내고 일에만 집중할 수 있었다. 하지만 그것 자체가 일상이 된다면 자신은 과연 버틸 수 있을까?

좋고 싫고를 말한다면, 싫다.

하지만 그녀는 그 감정을 기준으로 답을 내지 않았다. 자신이 그 감정 노동을 버텨낼 수 있을지를 생각했다.

"처음에는 공자님이 그걸 원하시니 해보겠다는 답을 냈습니다. 하지만……."

가려는 조금 망설이다가 가면에 손을 얹고 서서히 벗었다.

아침 햇살 아래서 형운과 가려가 서로의 맨얼굴을 바라보았다.

수도 없이 보아온 얼굴이다. 그런데도 이 순간, 고작 닷새만에 보는 그녀의 얼굴이 더없이 특별해 보여서 형운은 한순간 넋을 잃었다.

가려는 형운과 똑바로 눈을 마주하는 게 부끄러운 듯 발갛게 상기된 얼굴로, 그러면서도 눈을 피하지 않으면서 말했다.

"그래서는 안 된다는 생각이 들었습니다."

"어째서요?"

"공자님은 제가 양지에서 당당하게 활보하는 삶을 살길 바라셨지요."

"……."

그랬다. 형운은 그런 욕심으로 가려를 변화시키려고 했었다.

"하지만 저는 그렇게 살 수가 없습니다. 그렇게 살아서… 행복할 것 같지 않습니다."

가려의 고백에 형운은 가슴이 두근거렸다.

이어지는 말이 무엇일지 두렵다. 그런 한편 순수하게 감동하는 자신을 발견했다.

'누나가… 자신의 행복을 기준으로 판단하다니.'

그녀가 무언가를 결정할 때, 스스로의 행복을 이유로 이야기하는 것은 한 번도 들어본 적이 없었다. 그녀의 입에서 행복이라는 두 글자가 나왔다는 사실 자체가 너무나 큰 변화로 다가와서 형운은 묘한 감동을 느꼈다.

"하지만 저는 공자님 곁을 떠나고 싶지 않습니다."

그 말을 듣는 순간, 가슴이 세차게 뛰었다.

자기도 모르게 입꼬리가 치켜 올라가는 것이 어색해서 표정을 관리하니 오히려 더 이상한 표정이 되었다.

"그러니 공자님이 새로운 조직을 창설하든 아니면 기존의 조직 중 하나를 골라서 가든 따라가겠습니다. 하지만 제안하신 역할은 다른 사람에게 맡겨주시지요."

"…그게 누나의 답인가요?"

형운의 목소리는 격앙된 감정을 억누르는 티가 역력했다.

가려는 그런 형운의 마음을 오해하지도, 피하지도 않고 고개를 끄덕였다.

"예."

"알겠어요."

"죄송합니다."

"아니에요. 누나가 양지에 드러나길 바랐던 것은 제 욕심이었으니까. 진짜 중요한 건 누나의 마음이에요. 모두에게 그럴 필요는 없어요. 그냥……."

내 앞에서만 그래주면 된다.

내 눈길을 다른 사람들의 눈길처럼 불편하고 두려운 것으로 여기지 않아주면 고맙겠다.

설령 당신의 세계에서 모든 인간이 피해 다녀야만 하는 괴물처럼 보일지라도 그 속에서 나만이 편안히 마주 볼 수 있는 사람이라면… 그러면 내 이기적인 욕심도 만족할 수 있다.

"…공자님?"

형운이 말을 잇지 못하고 입만 뻐금거리자 가려가 의아해하며 물었다.

그 말에 화들짝 놀란 형운은 결국 목구멍 아래서 막혀 버린 말을 꺼내길 포기하고 한숨을 푹 쉬었다.

'겁쟁이 자식.'

마음속에서 또 다른 자신들이 비웃고 비난하는 목소리가 빗발쳤다.

'아, 그래. 젠장. 내가 천하의 겁쟁이다. 빌어먹을. 욕해라! 겁쟁이에 얼간이라고 마음껏 욕해!'

형운은 그 비난에 두들겨 맞으면서 스스로의 용기 없음을 자책했다.

하지만 어쩌겠는가. 당장 목숨을 앗아 갈 칼날보다도 자신의 의문을 확인하는 것이 두려운데.

그 의문을 확인하는 순간 알게 되는 진실이 자신과 가려의 관계를 어떤 식으로 변화시킬지, 형운은 짐작할 수 없었다. 그렇기에 또다시 결론을 유보해 버리고 말았다.

아직은, 이 여행이 끝날 때까지만이라도 유예 시간이 남았다고 스스로를 설득하면서.

제172장

용무문(龍武門)

성운을 먹는 자

1

중원삼국의 천하십대문파라 불리는 문파들 중에 신흥 문파는 없다. 그 지역에 뿌리내리고 오랫동안 활약하며 성세를 구가하고, 꾸준히 이름난 협객들을 배출해 온 명문들만이 그 명단에 이름을 올리고는 한다.

천하를 대표하는 열 개의 문파를 정하는 기준은, 천하를 대표하는 열 명의 협객을 정하는 기준이 그렇듯 민중의 지지에 따라 결정된다. 문파의 성세는 시대마다 다르기에 그 명단은 고정된 것이 아니었다.

현시대에 하운국에는 천하십대문파 중 4개가 자리하고 있었다.

하운성에 위치했으며 하운국의 시조 자운과 운룡이 신명을 나눈 것으로 유명한 운룡 신앙의 총본산 운림사.

영운성에 위치한 도가 무공의 성지 태극문.

백운성의 검술 명문 운산파.

해룡성의 패자이며 수군의 실세이기도 한 용무문.

하운국 4강으로 불리는 이들은 다들 그 지역사회에 강력한 영향력을 행사하는 조직들이다.

운림사의 경우는 사원이라는 입장이 있기에 속세의 활동을 벌이고 있지 않다. 어디까지나 황실과 민간의 지원으로 조직을 유지하며, 독자적인 육성 체계를 통해 육성한 무승과 술법승들로 하여금 요괴 퇴치와 마인 척살, 재난 지대에 대한 구호 활동 등 민생에 도움이 되는 활동을 계속한다.

운림사를 제외한 나머지 세 문파는 관군에 무인을 제공하는 정파로서의 역할을 톡톡히 하고 있으며, 사업 활동도 활발하게 벌이고 있었다.

해룡성 상계에서 용무문이 지닌 막강한 영향력은 별의 수호자도 따라갈 수 없다. 하지만 용무문 역시 별의 수호자와 싸우지 않고 그들의 사업 영역을 존중해 주었다. 이 시대에 명문 정파가 강력함을 유지하기 위해서는 반드시 별의 수호자의 비약이 필요하기 때문이다.

2

형운과 가려는 해룡성을 떠나기 전, 용무문을 방문했다.

"어서 오시게, 선풍권룡 대협. 이번에는 연이 안 닿나 했는데 이렇게 방문해 줘서 고맙네."

용무문의 장로, 해풍검호(海風劍豪) 서장오가 반가워하며 말했다.

혈무호 토벌 후 서장오는 형운과 가려를 용무문에 초대했다. 하지만 공식적으로 형운의 공로를 치하하고 포상해야 하는 수군의 입장을 배려하여 순서를 나중으로 미뤘다.

문제는 운성왕자가 워낙 형운을 마음에 들어 했다는 것이다. 가연국의 대사 루안과의 관계도 있어서 형운과 가려는 그들이 황궁으로 출발할 때까지 그곳에 머무르게 되었다.

그래서 서장오는 아쉬워하면서도 형운의 용무문 방문을 포기하고 있었다. 혈무호를 토벌했을 당시 형운이 선약이 있어 해룡성이 오래 머물지 못할 것임을 양해해 달라고 설명했던 것을 기억했기 때문이었다.

하지만 형운은 전장에서 함께 싸웠던 인연을 잊지 않고 용무문에 방문했다. 그가 경공을 발휘하여 단번에 용무문까지 달려와 줬다는 사실을 안 서장오는 그의 성의에 감격했다.

"초대해 주셔서 감사합니다."

"하하, 방문한다는 연락을 듣고 얼마나 놀랐는지 모르네. 그런데 정말 경공이 대단하군. 그 짧은 시간에 여기까지 오다니……."

용무문은 해룡성 전역에 4개의 지부를 두고 있었으며 여러 사업체를 두고 있어서 해룡성 어디에서 일이 벌어져도 빠른 시간 내에 인원을 투입할 수 있는 조직망을 가졌다.

그래서 그들은 형운과 가려가 자신들의 조직망이 포착할 수 있는 곳에 도착한 후부터 여기까지 얼마나 걸렸는지를 알고 놀랐다.

'정말 엄청난 경공이다. 선풍권룡은 그렇다 치고 이 여무사의 경공이 그 정도라니 놀랍군.'

서장오는 영무진에서 형운의 신위를 똑똑히 보았기에 그의 놀라운 경공도 쉽게 납득할 수 있었다. 하지만 가려에 대해서는 뛰어나다고는 여겼을지언정 형운처럼 경탄의 대상으로 보지는 않았기에 이 결과가 놀라웠다.

용무문의 본거지는 도심에서 10리 정도 떨어진 해룡성 동부 해변에 위치해 있었다.

그들의 재산과 영향력이면 도심에도 충분히 영향력을 행

사할 수 있을 텐데도 그 위치를 고수하는 것은 단순히 상징적인 이유 때문만은 아니었다.

"과연 천하십대문파입니다. 규모가 대단하군요."

형운이 감탄했다.

천하십대문파 중 형운이 방문해 본 것은 위진국의 만검문 정도다. 기영준과의 친분에도 불구하고 아직 태극문에 방문할 일이 없었기 때문이다.

만검문도 그 지역의 패자로 불리는 만큼 성세가 대단했다. 하지만 용무문은 도심에서 떨어진 해안에 위치해 있다는 특성을 살려서 일반적인 문파들과는 다른, 요새에 가까운 구조를 지니고 있었다.

가장 놀라운 점은 문파 자체적으로 항구를 갖추고 있다는 점이다.

물론 해룡성의 거대한 항구들에 비하면 초라할 정도로 작다. 하지만 용무문 한쪽에 완벽하게 갖춘 시설이 있고 크고 작은 배 30척이 정박해 있다는 점이 중요한 것이다.

그 배들은 대부분 수십 명 정도를 태울 수 있는 작은 수송선과 어선이었지만 몇몇 배는 해군의 선박에 필적하는 크기의 무장상선이었다.

"긴 역사 동안 해룡성의 치안 유지에 우리가 세운 공로가 적지 않기에 황실에서도 이런 시설과 배들의 소유를 허가해

주었다네."

서장오가 설명했다.

용무문은 이 배들로 어업과 상업 활동을 하는 한편, 인근 해역을 순찰하고 해적 행위 등이 발견될 경우 수군을 대신하여 그들을 토벌해 옴으로써 해룡성 민중의 지지를 받고 있었다.

그들의 재산을 생각하면 훨씬 큰 규모로 만들 수도 있겠으나 그것은 민간 조직이 마음대로 할 수 있는 일이 아니다. 황실과 해룡성주가 이 정도를 허락해 준 것만으로도 대단한 예외 사례였다.

'해룡성 수군 입장에서는 민간 예산으로 운용되는 예비 전력을 하나 둔 느낌이겠군.'

형운이 혀를 내둘렀다. 해룡성에서 용무문의 입지가 얼마나 강력한지 실감할 수 있었다.

용무문은 도시 바깥에 위치한 만큼 광활한 토지를 십분 활용해서 건축물들을 지어놓았다. 거의 마을에 육박할 정도의 규모였는데, 이것은 문파 안에 작은 산과 숲, 그리고 호수까지 다양한 자연 지물을 포함하고 있기 때문이었다.

"이 호수는 문도들이 수공을 수련하는 용도로 활용되고 있지. 처음에는 내부에 만든 연못 시설에서 수련하기 시작해서 능숙해지면 수련장을 이곳으로 옮기고, 더 숙련되면 바다로 나간다네."

"굉장하군요."

"별의 수호자의 시설들도 굉장하다고 들었네만 바다에 대해서만큼은 우리가 제일일 걸세."

서장오가 자부심을 드러냈다. 형운도 이 점에 대해서는 인정할 수밖에 없었다. 별의 수호자의 총단이 내륙에 있기에 총단의 무인들은 수공을 중시하지 않는 편이다.

물론 수로를 이용하는 사업에 관여하는 이들은 수공을 익히고 그들을 위한 훈련 시설은 충실하게 갖춰져 있다. 하지만 바다를 자기 집 앞마당처럼 이용하는 용무문의 환경에 비할 바는 못 되었다.

'과연 천하십대문파라 불릴 만하군.'

서장오는 형운과 가려에게 용무문의 시설들을 하나하나 소개해 주고는 용무문주의 집무실로 안내했다.

"수고하셨습니다, 사숙. 어서 오시게, 선풍권룡 대협. 귀하의 명성은 많이 들었다네. 용무문주로서 이번에 우리 사숙을 도와준 것은 정말 크게 감사하는 바일세."

장문인은 호방한 인상의 중년인이었다. 실제 연령은 그보다 많겠지만 한 조직의 수장으로 정력적인 활동을 펼칠 만한 인물로 보였다.

무공 수준은 서장오와 비슷한 수준으로 보였다. 심상경의 고수는 아니지만 명문대파의 수장으로서 손색없는 무위의 소유자임은 분명했다.

물론 그가 용무문 제일의 고수일 리는 없었다. 당장 문주와 마주하고 이야기를 나누던 세 명의 노인들에게서 범상치 않은 기운이 느껴졌으니까.

'심상경의 고수들이다. 내공도 상당하군.'

셋 다 능숙하게 자신이 심상경의 고수임을 감추고 있다. 하지만 일월성신의 눈을 속일 수는 없었다.

한 명은 정말 나이가 지긋해 보이는 노인이었다. 외모로 봐도 7, 80대 정도로 보였는데 내공이 서장오와 대등한 7심이었다. 하지만 형운은 그의 몸이 노화가 진행되면서 기력이 쇠해가기 시작한 것을 알아보았다. 기술적인 경지는 높지만 더 이상 현역으로 보기에는 무리한 상태였다.

다른 두 명은 그보다는 젊어 보였다.

체격이 좋은 남자는 초로 정도로 보였는데 7심 내공의 소유자였다. 그리고 온화한 인상의 여성은 그보다 좀 더 연배가 높아 보였는데 내공도 한층 높은 8심에 도달해 있었다.

아마도 이 두 사람이 현재 용무문의 최고수들이리라.

형운이 용무문주에게 예를 표하자 그가 세 노인을 소개했다.

"이 자리에 계신 분들은 본 문의 장로님들이십니다."

가장 나이가 많아 보이는 이는 태상장로였고 나머지 둘도 연배가 높은 장로들이었다.

체격이 좋은 노인, 청룡검 임두호가 말했다.

"만나서 반갑다. 본인은 외부 활동을 잘 하지 않는 편이네만, 요 몇 년간 자네의 소식이 귀가 따갑도록 들려오더군."

"강호의 대선배를 뵙게 되어 영광입니다."

"정녕 그렇게 생각한다면 이 선배와 한 수 겨뤄주지 않겠나?"

"임 사형!"

청룡검의 단도직입적인 요구에 서장오가 당황했다.

서장오와 청룡검은 서장오와 같은 스승에게서 배운 사형제지간이었다. 청룡검은 사형제들 중 최고수였지만 평생 무공 연구에만 매진하느라 바깥 활동을 별로 안 해서 명성은 그리 높지 않다. 강호의 명성이란 지닌 무공의 깊이가 아니라 무슨 일을 했느냐로 결정되는 법이니 당연하다.

하지만 청룡검은 용무문이 강력한 무력을 필요로 할 때 절대적으로 신뢰할 수 있는 검이었으며, 평생 무공을 연구하여 무학적인 측면에서 용무문에 지대한 공헌을 해온 인물이었다.

어쩌면 그와 같은 인물들이야말로 천하십대문파로 불리는 명문들의 저력일지도 모른다.

'저 노파는 해화검 천봉희겠지.'

그녀는 20년 전까지만 해도 외부 활동이 잦은 편이었다. 하지만 수군의 장교였던 남편이 전사하고, 그 원한의 대상인 요괴들을 토벌한 후로는 거의 외부에 모습을 드러내지 않았다.

서장오가 난처해하며 말했다.

"선풍권룡 대협은 제 은인입니다. 은인에게 감사하는 뜻으로 초대한 것인데 이러시면 제 입장이 곤란합니다."

"그 점에 대해서는 미안하게 생각한다, 장오야. 하지만 난 이런 귀중한 기회를 놓치고 싶지 않구나. 천 사저도 마찬가지일 것이다."

그 말에 해화검 천봉희가 쓴웃음을 지었다. 서장오는 용무문 내에서도 두문불출하던 그녀가 이 자리에 온 것이 청룡검과 똑같은 마음에서였음을 알고 탄식했다.

'아, 이런. 내가 경솔했구나. 이분들에게 선풍권룡의 소식이 전달되지 않도록 했어야 하는 것을.'

용무문에 돌아온 서장오는 혈무호 토벌 과정에서 겪은 일들을 소상히 보고했다. 특히 형운의 무위에 대해서 최대한 상세하게 이야기한 것은 명문의 장로로서 당연한 행동이었다.

그러나 그가 형운을 용무문에 초대할 예정이었다는 점을 고려하면 이 시점에서 행동을 좀 조심할 필요가 있었다.

청룡검과 해화검은 명성에 관심을 두지 않는 무공광들이다. 그리고 연배가 높아서 용무문 내에서 그들이 뭔가 하고자 하면 제지할 수 있는 이가 없다.

유일하게 그럴 수 있는 인물이 태상장로인데…….

'말리기는커녕 자기도 10년만 젊었으면 같이 한판 했을 거라는 아쉬움이 가득하시구만!'

서장오는 골이 지끈거렸다. 그가 형운에게 돌아서서 말했다.

"난처한 일을 겪게 해서 미안하네. 두 분이 무공에 대한 집착이 워낙 강하셔서… 일단은 물러나 있어 주면 이 자리는 내가 일단 수습하고……."

"장오야."

청룡검이 불쑥 끼어들었다.

"나도 그렇게까지 경우를 모르지는 않는다. 선풍권룡 본인이 거절한다면 강권하지 않을 것이다."

그 말에 서장오가 청룡검을 째려보았다.

'이 철없는 양반 같으니라고! 그 나이 들도록… 아, 철들었으면 진즉 나랑 같이 사문의 일을 돕고 다녔겠지!'

사회 활동도 거의 안 하고 한평생 자기가 하고 싶은 일에만 매진한 무공광이 철이 들었을 리가 있겠는가?

그런 주제에 또 말은 청산유수다. 상대가 거절하기 어렵게 말할 기회를 귀신같이 포착한다.

그 점이 해화검과의 차이점일 것이다. 해화검은 말솜씨가 좋지 못한지라 가만히 뒤로 물러나서 청룡검을 마음속으로 응원하고 있었다.

"다시 물으마. 나와 한 수 겨뤄주지 않겠느냐?"

도망치는 것을 용납하지 않는 단도직입적인 태도였다.

하지만 형운은 당황하지 않고 빙긋 웃으며 물었다.

"청룡검 선배님께서는 어째서 저와 손속을 겨루시고자 합니까?"

"무인이 강자를 보고 무(武)를 견주어보고자 함이 의아하느냐?"

"제가 아는 선배님 중에 그런 분이 한 분 계시긴 합니다만……."

형운은 자연스럽게 백무검룡 홍자겸을 떠올리고 말았다.

"제가 보기에 청룡검 선배님께서는 그분과 동류는 아니신 것 같습니다. 그리고 단순히 상대가 강자이기 때문에 겨루어 보기를 원한다면 사문에 머무는 것이 아니라 넓은 세상으로 나가셨겠지요."

"……."

"까마득한 후배가 무례한 말씀을 드려서 죄송합니다. 하지만 이런 상황이라면 제게 진짜 이유를 여쭐 자격이 있지 않겠습니까?"

"그렇군. 이 물음에 답하지 않는 것은 성의가 없는 것일 테지."

청룡검이 고개를 끄덕이고는 해화검을 바라보았다. 해화검도 동감이라는 듯 고개를 끄덕이자 그가 말했다.

"일단 네가 일존구객의 일원이라는 명성을 지녀서는 아니다. 우리가 원하는 것은 그런 명성이 아니니까. 우리가 이 기회를 노린 것은 네 지난 행적 때문이었다."

"제 어떤 행적 말씀입니까?"

"너는 지금까지 광세천교의 칠왕과 흑영신교의 팔대호법을 다수 쓰러뜨렸지 않느냐?"

"그랬습니다."

이 시대에 형운만큼 두 마교의 핵심 고수들을 많이 쓰러뜨린 이가 없었다.

"나와 천 사저에게는 한 가지 비원이 있었다. 그것은 바로 용무문의 무공이 마교의 무공에 지지 않는다는 것을 증명하는 것이다."

지금으로부터 30여 년 전의 일이다.

하운국 황실의 대예언가 적호연을 중심으로 한 중원삼국 황실의 토벌대는 33년 전에 흑영신교의 성지를, 34년 전에 광세천교의 성지를 토벌하는 데 성공했다.

당연하게도 천하십대문파들은 이 토벌전에 적극적으로 참여했다. 용무문도 당시 최고수들이 참전하여 천년마교의 역사에 종지부를 찍겠다는 의지를 불태웠다.

그러나 삼국의 연합으로 전 대륙에서 전개된 이 전투에서 용무문은 결정적인 공로를 세우지는 못했다. 당대 용무문의 최고수들, 청룡검과 해화검의 스승들이 각각 광세천교의 칠왕 광마와 흑영신교의 팔대호법 만마박사에게 패해 목숨을 잃었기 때문이었다.

그리고 토벌이 완료될 때까지 용무문에는 그 원한을 설욕할 기회는 주어지지 않았고, 그럴 힘도 없었다.

그것은 용무문의 한으로 남았다.

용무문은 살아남은 고수들로 하여금 죽은 최고수들의 경지를 복원하도록 독려하였고 청룡검과 해화검은 그 중심축으로 선택된 인물들이었다.

그들이 외부 활동을 하지 않은 것은 성격 탓만은 아니다. 사문에서도 그들이 그러기를 원했기 때문이었다. 누군가는 용무문이 기나긴 역사 동안 쌓아 올린 것이 허상이 아님을 증명하는 무공의 화신이 되어줘야만 했고 두 사람은 그에 적합한 인물들이었다.

청룡검과 해화검은 그런 사문의 뜻을 기꺼이 받아들여 더 높은 경지를 향한 연구와 수련에 매진했다. 하지만 그렇게 경지가 높아지면 높아질수록 강해지는 의문이 있었다.

'우리는 과거의 스승님들을 따라잡았는가?'

누구도 그 사실을 말해줄 수 없었다. 그럴 수 있는 사람들은 이미 이승을 떠난 지 오래였으니까.

"이상하게 들릴지도 모르겠지만… 우리에게 있어서 선대의 원한은 오히려 부차적이다."

그들은 스승의 죽음에 대해서 강한 원한을 품기가 어려웠다.

왜냐하면 당시에 흑영신교와 광세천교 둘 모두가 토벌당했기 때문이다. 토벌이 실패했다면 두 사람은 꺼지지 않는 원한을 불사르고 있었으리라.

그러나 토벌은 완벽하게 성공해 버렸다. 그들 입장에서는 자신의 손으로 복수는 못 했어도 원한의 대상이 파멸해 버린 기분이 들 수밖에 없었던 것이다.

20년의 세월이 지나 두 마교는 다시금 활동을 시작했지만 이미 꺼져 버린 원한의 불길은 되살아나지 않았다. 용무문 무공의 진수를 이루어 선대를 능가한다는 집념으로 살아갈 뿐.

"너에 대해서 들었을 때 우리는 깨달았다. 우리는 우리의 삶을 채점해 줄 시험관을 필요로 해왔다는 것을."

용무문에는 그럴 수 있는 인물이 없었다. 그렇기에 그들은 더 높은 경지를 이룰수록 불명확한 신기루와 싸우는 기분이 들어서 괴로웠다.

죽은 자와는 싸울 수 없다. 누군가는 그들의 인생이 헛되지 않았다고, 그들이 기나긴 노력 끝에 마침내 목표를 이루어냈다고 납득시켜 줘야만 했다.

"네가 새파랗게 젊다는 것도, 문파외인이라는 것도 중요하지 않다. 우리가 너와의 비무를 바라는 것은 평생을 짊어져 온 숙원을 이루기 위함이다."

사람은 각자 다른 이유로 살아간다. 그리고 그중에는 보편적인 시각으로는 이해할 수 없을 정도의 광적인 집착으로 인생 그 자체가 결정되는 이들도 있었다.

비합리적이라도 상관없다. 공감받지 못하더라도 상관없다.

오직 영혼에 새긴 맹세를 이루기 위해 살아간다. 설령 인생 전부를 거기에 쏟아붓고, 그러고도 이루지 못해 쓰러진다 할지라도 도망친다는 선택지를 모른다.

그들이 긴 인생을 불살라 만들어낸 광기는 눈부시면서도 안타까웠다.

형운은 그 광기를 외면할 수 없었다.

"알겠습니다. 부족할지도 모르겠지만 최선을 다해보겠습

니다."

"고맙다."

청룡검이 뜨거운 눈으로 형운을 보며 손을 내밀었다. 강호의 선후배가 아니라 그저 무인으로서 내민 손을 형운은 힘껏 맞잡았다.

3

용무문의 무공은 물에서의 싸움이 강하다.

단지 수공을 포함하고 있기 때문만이 아니다. 그들은 주변에 존재하는 수기(水氣)를 이용하는 데 능했다.

그것은 청해용왕대의 무공이 바다에서 그 위력이 배가되는 것과 흡사하다. 하지만 청해용왕대의 무공이 풍랑(風浪)의 힘을 자기편으로 삼는 데 비해 용무문의 무공은 수기 그 자체를 이용한다는 차이점이 있다.

쉬쉬쉬쉬쉬!

청룡검이 호수 위를 마치 땅 위처럼 내달리면서 검격을 퍼부었다.

수상비가 너무나 자연스럽다. 그리고 그가 검을 휘두를 때마다 수면에서 튀어 오른 물방울들이 그 궤적에 따라붙으며 적을 공격하는 무기가 되었다.

형운은 자신도 수상비로 수면을 질주하면서 그 모든 공격을 받아내었다.

'강맹함과 유려함이 조화되어 있다.'

서장오 역시 명문을 대표할 만한 고수였고 특히 풍부한 실전 경험에서 비롯되는 변화무쌍한 대응력과 진기 운용 능력에서 강력한 면모를 보였다.

청룡검은 서장오보다 월등한 수준의 고수다. 기공전의 기술이 형운보다 위인 것은 물론이고 격공의 기는 한 번에 세 개의 타점을 노릴 수 있었다.

'격공의 기를 다루는 기술은 놀랍지만 격공의 본질에는 닿지 못했구나.'

형운은 그것이 보다 고차원적인 인식의 문제임을 알았다. 형운 자신은 귀혁이 가르침을 주었기에 쉽게 더 깊은 인식을 알고 이해했지만 가르침 없이 홀로 수련하는 자는 한평생을 바쳐도 발견할 수 없을지도 모르는, 그런 인식의 세계다.

촤아아아아!

청룡검의 검세가 점차 견고하게 공간을 장악해 가던 중, 형운의 움직임이 급가속하면서 그 균형을 깨뜨렸다. 일권이 청룡검의 검세를 뚫고 코앞까지 날아든다.

청룡검은 급히 격공의 기로 주먹을 비껴내면서 수면을 발로 차서 물보라를 일으켰다. 겉으로 보기에는 물보라였지만 바위도 가루로 만들 파괴력이 실린 공격이었다.

"지금까지는 준비운동에 불과했던 것인가."

지켜보던 해화검이 신음했다.

그들의 비무가 이루어지는 호수는 철저하게 출입이 통제되어 이 자리에 있는 것은 문주의 집무실에 있던 인원들뿐이었다.

형운이 청룡검의 검세를 담담하게 받아내는 것만으로도 놀라웠는데 한번 공세로 전환하고 나자 더욱 놀라운 광경이 펼쳐졌다. 청룡검보다 반 호흡씩 빠르게 움직이면서 격투전을 압도하기 시작한 것이다.

'과연 두 주먹으로 무극에 이른 자답군!'

청룡검이 이를 악물었다.

까마득한 후배에게 밀린다는 사실에 수치심을 느끼지 않았다. 그는 지금 이 순간 한없이 투명하고 겸허한 마음으로 자신을 시험하고 있었다. 형운을 시험관으로 삼는다는 말은 한 치의 허세도 들어 있지 않은 진심이었던 것이다.

청룡검은 주변에 물이 가득한 환경의 이점을 십분 활용하면서 기공전에서 역전을 꾀했다. 하지만 곧 그조차 불가능함을 알았다.

'양(量)으로 수 싸움을 눌러 버리는가!'

기공전의 기교에서 밀린다는 사실을 안 형운은 거기에 집착하지 않았다. 곧바로 다른 전술을 취했다.

그것은 바로 물량이다. 섬세함은 떨어지지만 거센 격류와도 같은 기공이 청룡검을 압박한다.

'판단이 빠르군. 그리고 유연하다. 그만한 실전 경험을 쌓아왔기 때문이겠지.'

청룡검은 살아온 환경상 무공 경지에 비해 실전 경험이 적은 편이다. 젊은 시절에는 실전을 겪을 일이 많았지만 숙원을 짊어진 후로는 좀처럼 그럴 일이 없었다.

그럼에도 상대와 전력을 다해 겨루는 것 자체는 익숙하다.

왜냐하면 그가 이룬 경지는 골방에서 혼자 수련한 성과가 아니기 때문이다.

다수와의 싸움을 비롯한 상황별 훈련에 대해서는 요구하기만 하면 용무문에서 전폭적으로 지원해 주었다. 용무문의 무공이 아닌 다른 무공을 상대해 보고 싶다고 해도 많은 돈을 써가며 필요한 인력을 섭외해 주었다.

그와 같은 경지의 고수와의 대전 경험은 그런 식으로 얻을 수 있는 게 아니지만, 그에게는 태상장로와 해화검이라는 상대가 있었다. 용무문이 전력을 기울여서 뒤를 받쳐주었고 세 고수가 절차탁마했기에 그들은 고절한 경지를, 그러면서도 형식에 매몰되지 않고 살아 있는 무공을 익힐 수 있었다.

따라서 청룡검과 해화검은 용무문의 살아 있는 보물이다.

그들이 있기에 용무문도들은 자신들이 올라야 할 산의 높이를 알 수 있다. 그리고 그들이 그 경지에 오르기까지 얻은 성과는 고스란히 용무문의 재산이 되어 그들을 강하게 했다.

"좋군! 절대 사정 봐주지 마라! 본 문과 내 체면을 생각해서 져준다거나 하면 평생 원망할 것이다!"

청룡검은 수세에 몰리자 오히려 희열을 드러내며 말했다.

그리고 공세보다는 수세에서 오히려 그의 진가가 드러났다. 변화무쌍한 대응 기술들이 홍수처럼 쏟아져 나오면서 형운의 공세를 받아내는 게 아닌가?

하지만 끝은 있었다.

격투, 기공, 그리고 심상경까지 맞부딪친 두 고수의 비무는 한 식경(30분) 만에 결판이 났다.

"물에 빠져보는 것도 정말 오랜만이군."

청룡검은 물에 홀딱 젖은 모습으로도 기분 좋게 웃었다.

그만한 고수라면 열양지기를 일으켜서 수분을 빠르게 증발시킬 수 있을 것이다. 하지만 지금의 그는 그럴 힘이 없었다. 형운과의 비무에서 내공을 거의 바닥까지 써버렸기 때문이다.

비무는 형운의 승리였다.

청룡검의 실력은 온갖 고수들을 보아온 형운도 놀랄 정도였지만 격투전의 불리함과 내공 격차를 극복하지 못했다. 그것을 극복하기 위해서 내공을 펑펑 쓰다 보니 한 식경 만에 바닥이 드러나 버린 것이다.

'과연 천하십대문파라고 불릴 만하다.'

형운은 새삼 명문의 저력에 감탄했다.

용무문은 해룡성의 패자로 일문으로서는 거대한 규모를 자랑하지만 별의 수호자와는 비교가 안 된다. 그런데도 이런 고수들을 보유하고 있다는 사실이 놀랍기만 했다.

4

형운은 청룡검에 이어 해화검과도 비무를 벌였고, 이번에는 승리하지 못하고 반 시진(1시간) 넘게 싸운 끝에 동수로 비무를 마무리했다.

해화검은 청룡검 이상의 고수였다. 단지 내공이 한 단계 위인 것만이 아니었다. 나이 든 여성의 몸이면서도 격투전에서 청룡검을 뛰어넘었고 기공은 엇비슷한 수준이었다.

그리고 심상경 영역에서 차이가 났다.

그녀는 심검과 신검합일을 심즉동으로 펼치는 경지에 도달해 있었으며 다중심상도 구현할 수 있었던 것이다.

태상장로는 해화검이 자신의 기력이 쇠하기 전, 기량이 완전히 정점을 찍었을 때와 비교해도 더 뛰어난 용무문 최고의 고수라고 말해주었다.

형운은 해화검이 그럴 만한 고수임을 인정했다. 격식을 지키는 비무로는 그녀를 꺾을 수가 없었다.

비무를 끝내고 나서 그들은 모여 앉아서 이야기를 나누었다.

많은 이야기가 오갔다.

강호에 퍼져 있는 형운의 무용담에 대해서, 그들이 살아온 삶에 대해서, 용무문이 해룡성에서 해온 일들에 대해서… 그리고 무공에 대해서.

형운은 그 자리가 신기했다. 사부만큼이나 연배가 지긋한 사람들과 둘러앉아 이야기를 나누고 있는 자리가 이상할 정도로 편안하게 느껴졌기 때문이다.

살아온 세월의 차이가 있기에 젊은이와 늙은이로서 이야기를 나누면 어긋남이 많을 것이다.

'무인이기 때문일까.'

그럴 것이다.

그들이 무인이기 때문에, 그리고 비슷한 눈높이에서 무공을 이야기할 수 있기 때문에 그럴 수 있으리라.

5

형운과 가려는 용무문에 사흘간 머물렀다.

청룡검, 해화검과의 비무는 한 번으로 끝나지 않았다. 사흘간 하루에 한 번씩 총 여섯 번을 겨루었다.

첫날의 비무만으로도 그들은 원하는 것을 얻었다.

형운은 그들의 노력이 헛되지 않았음을, 마침내 숙원을 이루었음을 확인해 주었다.

또한 문파외인이면서 심상경의 고수인 형운과 겨뤄본 것만으로도 그들과 용무문의 세계가 더욱 넓어졌다고 할 수 있으리라.

하지만 그들은 만족하지 않았다. 겨우 만난 이 기회를 탐욕스럽게 활용하고자 했고, 형운 역시 무인으로서 그들의 탐욕이 반가웠다. 그들만 한 고수와 우호적인 관계로 무공을 견주어보는 것은 형운에게도 귀중한 경험이었으니까.

이틀째, 사흘째에는 형운만이 아니라 가려도 그들과 비무를 벌였다. 형운은 가려의 존재가 노출되는 것을 손해로 생각하지 않았으며, 가려도 적극적이었다.

"저분들의 무공은 실로 용무문 무공의 정수로군요. 덕분에 앞으로는 만약 용무문도가 적이 된다 해도 문제가 없을 것 같습니다."

…드물게 만족스러운 표정으로 그렇게 말하는 것이 좀 무섭기는 했지만 말이다.

솔직한 마음으로는 일주일이고 보름이고 더 머무르고 싶었다. 처음에는 예의상 방문한 것이었지만 용무문에서 보낸 시간은 형운에게도 상당히 가치 있고 즐거웠으니까.

하지만 운성왕자와 루안과 많은 시간을 보내는 바람에 일정이 여유가 없어져서 어쩔 수가 없었다.

떠나는 날에는 서장오와 청룡검이 배웅을 나왔다.

"해룡성에 올 일이 있으면 또 들러주게. 언제든지 환대할 것이네."

"감사합니다."

서장오의 말에 형운이 미소 지었다.

청룡검이 말했다.

"또 겨뤄보자."

"예."

"그리고 혹시 용무문의 무공에 관심 있는 고수들 있으면 자네 이름 대고 찾아오라고 전해줘라. 비무만 해주면 얼마든지 환대할 테니."

"아, 그건……."

"진심이니까 잊지 말거라. 알겠지?"

난처해하는 형운 앞에서 청룡검이 껄껄 웃었다.

하지만 형운이 난처해한 이유는 그가 생각한 것과는 좀 달랐다.

'너무 많은데… 게다가 정도를 모르는 사람도 있어서 좀…….'

예를 들면 백무검룡 홍자겸을 여기에 보내면 도저히 그 뒷감당을 할 자신이 없었다.

'그래도 곡정이나 백 대주님이라면 괜찮을지도?'

사적으로 친해지는 김에 척마대와의 관계 등 사업적인 이야기도 나눴으니 그들을 소개하는 것도 괜찮을 것 같다. 특히 백건익은 완전 신나 하지 않을까?

"그럼 이만 가보겠습니다. 무운이 있기를."

"무운을 빌겠네."

형운과 가려가 멀어지는 모습을 보고 있던 청룡검이 불쑥 말했다.

"장오야."

"왜 그러십니까, 사형?"

"내 뜻한 바가 있어서 그러는데 자리 하나 만들어주지 않겠느냐?"

"갑자기 무슨 자리 말씀입니까?"

"황실 마교 대책반 쪽에 말이다."

"예?"

"저 아이를 보니 이제는 나도 세상에 나가봐야겠다는 생각이 드는구나."

“……”

“왜 그렇게 보느냐?”

“허무해서 그럽니다. 저랑 문주님이 한 번이라도 좋으니 좀 나서서 사문의 명예를 드높여 달라고 청한 게 몇 번이나 되는지 기억은 하십니까?”

“알 게 뭐냐, 그런 거.”

심드렁한 대답에 서장오가 부들부들 떨었다. 진짜 사형만 아니었어도…….

“본 문의 비급 역할은 태상장로님과 천 사저께서 계속해 주실 테니 무공의 유실은 걱정하지 않아도 될 것이다. 나는 바깥에서 살아 있는 경험을 얻어 오는 역할을 맡고 싶구나.”

“기왕 그런 마음을 먹으신 거, 일존구객 한번 노려보시는 게 어떻습니까? 아직 빈자리도 있으니까 본 문의 총력을 기울여서 팍팍 밀어드리면 가능할지도 모릅니다만?”

“일없다. 그 자리가 어디 노려서 될 자리더냐? 저 아이처럼 시대의 풍운을 만나고 헤쳐 나갈 운이 있어야 하느니.”

두 마교가 재등장한 이후의 용무문의 행보만 봐도 알 수 있다. 용무문은 토벌전 때의 원한을 갚기 위해 적극적으로 마교를 탐색하고 황실 마교 대책반에도 인원을 투입했지만 큰 성과를 거두지 못했다.

마교의 거물과 싸워 물리칠 기회라는 것은 그들이 원한다고 해서 오는 것이 아니었고, 또 설령 기회가 온다 해도 그 기회가 그럴 만한 힘이 있는 자의 것이 되느냐는 또 다른 문제였으니까.

"하긴 그렇겠지요. 하여튼 자리는 마련해 드리겠습니다."

"고맙다. 보답은 확실하게 해주마."

"예? 무슨 보답을……."

"오늘부터 두 달만 시간 좀 비우거라."

"그건 무슨 말씀이십니까?"

"이미 천 사저와 이야기했다. 저 아이와의 만남으로 얻은 것을 정리하고 연구하는 김에 너 좀 붙잡고 수준 좀 높여보자고. 너도 고수라고 거들먹거리느라 수준이 정체된 것 같은데 더 나이 먹기 전에 한계를 돌파해 보자꾸나. 너 붙잡고 막 굴릴 사람이 우리밖에 없으니 우리가 해줘야지."

"……."

흐뭇하게 웃는 청룡검의 말에 닥쳐올 운명을 직감한 서장오는 식은땀을 흘렸다.

제173장

상처와 후회의 이야기

성운을 먹는 자

1

조검문(調劍門)은 하운국 호장성의 백도를 대표하는 명문이다.

예전부터 지역에서 이름난 문파로 호장성에서 가장 전통 있고 유명한 십대문파를 꼽을 때 빠지지 않는 이름이었다. 그리고 최근 10년간은 눈부신 성장세로 호장성 십대문파 중에서도 세 손가락 안에 든다는 평가를 받았다.

조검문도들은 그것이 성운의 기재인 유성검룡 천유하가 조검문도가 되어준 덕분임을 알고 있었다.

천유하의 삶은 눈부셨다. 어린 시절부터 예령공주를 구해

내면서 황실과 좋은 인연을 맺은 것을 시작으로 온갖 모험을 겪으면서 천하를 대표하는 열 명의 이름, 일존구객의 일원으로 인정받기에 이르렀다. 현시점에서는 하운국에서만 확정적이고 위진국과 풍령국에서는 아직 인정하지 못하는 목소리가 있는 모양이지만 그것도 시간문제일 뿐이다.

천유하의 존재만으로도 조검문의 위상이 몇 단계는 격상되었다고 봐도 과언이 아니었다.

그 위상을 바탕으로 조검문은 많을 것을 시도할 수 있었고 그만큼의 성과를 거두면서 조직이 두 배 이상 성장했다.

그가 일야문을 부활시키는 사명을 이어받게 되었어도 조검문도들은 그를 두고 수군거리지 않았다.

그 일 자체가 강호에 미담으로 퍼져 나갔기에 조검문은 천유하를 탓하지 않고 적극 지원해 줌으로써 더 좋은 평판을 얻었다. 천유하가 일야문의 터전을 진해성 남부로 정한 덕분에서로 적당한 거리감이 설정된 것도 긍정적으로 작용했다.

천유하도 처세에 신경을 써서 일야문에만 집중하지 않았다. 종종 조검문을 찾아와서 사문의 일을 돕고 사범으로서 후학을 지도하는 등, 문도들의 마음이 돌아서지 않도록 많은 노력을 기울였다.

"이번에는 언제까지 머물 생각이냐? 벌써 한 달이나 머물렀으니 슬슬 떠날 때겠구나."

천유하는 자신의 스승 우격검 진규와 마주 앉아 차를 즐기고 있었다. 문파의 사정이 워낙 좋아져서 그런가, 진규가 마시는 차는 천유하가 어린 시절에 기억하는 것보다 훨씬 더 고급품이 되어 있었다.

"그렇기는 하지요."

천유하는 일야문에서 어린 제자들을 가르치는 입장이다 보니 조검문에 머무를 수 있는 기간이 한정되어 있었다. 그나마도 일야문에 믿고 맡길 수 있는 인력들이 있으니 망정이지 아니었다면 매번 제자들을 데리고 왔다 갔다 해야 했을 것이다.

천유하는 조검문에 오면 보통 보름에서 한 달 정도 머물렀다 돌아가고는 했다. 이번에는 슬슬 한 달이 다 되어가고 있었다.

진규가 물었다.

"제자들은 좀 어떠하느냐?"

"어린아이들이라 쑥쑥 자라더군요. 여기 왔다가 돌아가 보면 훌쩍 자라 있어서 깜짝 놀라고는 합니다."

은수와 은우 형제를 일야문의 제자로 받은 지도 벌써 3년이 지났다.

아직 다른 제자는 받지 않았다. 일야문이 홀로서기를 하기 위해서는 두 사람에게 일야신공의 정수를 전하는 것이 가장 중요하다고 여겼기 때문이다.

"둘을 가르치면서 저도 많이 배우고 있습니다."

"제자는 사부에게 배우고 사부는 제자에게 배우는 법이지. 아마 네가 얻을 것은 내가 얻은 것보다 더 클 것이다."

"사부님도 참……."

"허허, 이제 내가 어디 가서 네 사부라고 하기가 부끄럽단다. 내가 배우는 입장 아니냐."

"아이고, 제발 그런 말씀 마십시오."

진규의 짓궂은 농담에 천유하가 몸 둘 바를 몰라 했다.

하지만 진규의 말이 단순한 농담만은 아니었다.

천유하는 일찌감치 스승인 그를 뛰어넘었다. 이제는 오히려 천유하가 그에게 상승무공의 심득을 전해주고 있었다.

비록 토론과 공동 연구라는 형태를 취하고 있기는 했지만, 그것이 스승인 자신의 입장을 배려해서라는 것을 진규가 어찌 모르겠는가.

진규 입장에서는 제자가 대견하고 고마울 따름이었다. 천유하를 제자로 들이기 전, 노년에 들어선 그의 무공은 정체되어 있었다. 그러나 제자를 잘 둔 덕분에 자신을 가로막던 벽을 깨고 격공의 기까지 터득할 수 있었다.

그리고 천유하의 덕을 보는 것은 진규만은 아니었다. 천유하는 조검문의 무공 자체를 발전시켰다.

천유하는 일찌감치 고도로 발달한 전음의 수법을 터득하

여 그것을 조검문에 전했다.

그리고 조검문의 무공 체계를 보다 세분화하여 그 연마 과정을 보다 효율적으로 만들었으며, 새로운 기술들을 창안하여 덧붙였다. 또한 심법조차도 개선하는 데 성공했다.

이 모든 것은 조검문의 수뇌부에서도 받아들여 공식화된 업적이었다. 조검문 무공에 대해서 넓이와 깊이, 양쪽에 크게 공헌했으니 그 업적은 이루 헤아릴 수 없을 정도로 컸다.

"나도 일야문에 한 번쯤 들러보고 싶지만 철룡방과 날을 세우는 상황이다 보니 본 문을 뜨기가 좀 그렇구나."

세를 불리다 보면 필연적으로 기존에 그 영역을 차지하고 있던 다른 세력과 충돌하게 마련이다. 조검문은 최근 호장성 흑도 명문인 철룡방과 사업 영역이 겹치면서 긴장된 분위기를 풍기고 있었다.

문득 천유하가 말했다.

"그 문제는 좀 아쉽군요. 제가 있는 동안 명분을 찾았다면 정리할 수 있었을 텐데……."

"허허, 그렇지."

듣기에 따라서는 광오하기까지 한 말이다. 하지만 천유하는 당연한 사실을 말하는 듯 담담한 태도였고 진규도 그렇게 받아들였다.

철룡방이 흑도 명문이라지만 호장성은 이권이 작아서 흑

도의 수준이 그리 높지 않다. 그리고 설령 전국구 격전지에서 이름 좀 났다 싶은 흑도 명문이었어도 천유하의 태도는 변함이 없었을 것이다. 일존구객의 일원인 그의 무위는 이미 그들이 감당할 수 있는 차원을 아득히 벗어나 있었으니까.

"놈들도 그걸 알기에 몸을 사리는 것 아니겠느냐? 행동을 아주 조심하고 있더구나. 오히려 우리 쪽에서 먼저 뛰어들게 만들려고 혈기왕성한 아이들을 상대로 계책을 부리니……."

"애들 단속하시기도 힘드시겠군요."

"늘 그렇지. 본 문의 세가 커지는 만큼 더 행동을 조심해야 하는 법이거늘……."

백도 문파란 흑도 조직보다 훨씬 더 민중의 지지를 중요시하는 집단일 수밖에 없다. 그런 그들이 정당한 명분 없이 힘을 휘두른다면 사람들에게 손가락질당하며 기반을 잃는다.

조검문은 급속도로 성장한 만큼 조직에 대한 관리 능력이 성장세를 따라가지 못하는 면이 있었다. 이것은 조검문 수뇌부에게는 대단히 골치 아픈 문제였다.

눈에 보이는 문제들이 늘어나자 조검문 수뇌부도 자신들이 욕심이 앞서서 지나치게 확장에만 열을 올렸다는 것을 인정했다. 철룡방과의 일만 마무리되면 내실을 다지는 데 전력을 기울일 계획이었다.

문득 천유하가 말했다.

"아, 아까 하던 이야기입니다만… 이번에는 좀 더 머무르게 될 것 같습니다."

"이유가 있느냐?"

천유하가 빙긋 웃으며 답했다.

"친구가 찾아오겠다고 하더군요."

2

겨울의 한기 속에서 내쉬는 숨이 하얗게 부서져 간다.

그것을 보면서 형운이 중얼거렸다.

"얼마 지나지도 않았는데 진짜 기온이 확 내려갔네요."

시기는 12월 중순이었다.

형운과 가려가 11월 중순에 해룡성을 떠났으니 놀라운 속도로 온 셈이다.

운성왕자와 루안과 보낸 시간이 길었고, 또 용무문까지 들르는 바람에 오는 길을 좀 서둘렀다. 중간에 몇 번 싸움을 만난 것 말고는 딱히 발목 잡힐 일도 없었기 때문에 불과 한 달 만에 호장성 본성에 들어올 수 있었다.

오는 길에 별의 수호자의 정보망을 통해서 천유하가 조검문에 머무는 중이라는 사실을 알고는 미리 기별을 넣었다. 그곳에서 천유하와 합류해서 일야문으로 갈 생각이었다.

"어서 와."

직접 마중을 나온 천유하가 형운과 악수했다.

2년 반 만에 다시 보는 것이라 서로 반가움이 샘솟았다. 둘은 그동안의 일들을 이야기하면서 조검문으로 들어섰다.

"본 문에 온 것을 환영해. 생각해 보면 너도 본 문하고 인연이 깊은데 정작 방문하는 건 처음이네."

"묘하게 기회가 안 났지."

몇 년 전에 한번 방문하려고 했을 때는 천유하가 출타 중이라 결국 무산되었다. 그 후로는 방문할 일이 없었고.

조검문은 호장성의 명문으로 불리는 곳답게 규모도 제법 컸다. 그리고 어린 문도와 젊은 문도가 많아서 활기찬 느낌이 들었다.

"수련생들이 상당히 많네?"

"한동안 확장을 계속했거든. 그래서 최근 들어온 문도들이 많아."

"그럼 문파 규모가 꽤 커져 있겠군."

"사업체를 늘리는 김에 여기저기 지부 겸 도장도 개설했어. 그쪽을 통해서 본 문으로 오는 수련생들도 꽤 있는 편이야. 그런데 뭔 짐이 그렇게 많아?"

천유하가 의아해하며 물었다. 형운이 묵직한 짐을 들고 있었기 때문이다.

"아, 이거? 선물이야."

"선물?"

"네 사문에 처음으로 방문하는 건데 빈손으로 오면 네가 어른들께 면목이 서겠어?"

조검문에 딱히 입은 은혜는 없지만 어쨌거나 그곳은 천유하의 사문이었고, 장로인 우격검 진규와도 마지막에는 좋은 관계로 헤어졌다. 그러니만큼 첫 방문에는 어느 정도 예의를 차리기 위해 비약과 내상 치료제, 진기 회복제 등을 선물로 준비했다.

"뭘 이런 걸 또……."

천유하는 고마워했다.

조검문의 고위층 반응도 좋았다. 조검문주와 장로들이 형운을 맞이하고 환대해 주었다.

형운은 모두에게 관심의 대상이었다. 하지만 그들은 뜨거운 관심을 보이면서도 형운을 별로 귀찮게 하지 않았다.

천유하가 쓴웃음을 지으며 말했다.

"다들 널 어려워해서 그래."

"역시 그런가."

형운도 짐작한 대답이었다.

조검문도들 입장에서는 그럴 수밖에 없을 것이다.

형운은 별의 수호자라는 거대 조직의 고위층이다. 즉 외부에서 보기에는 너무나 높은 신분이었다.

그리고 그 배경이 없어도 일존구객의 일원이라 강호에서의 위상이 너무나 높았다.

나이 든 사람들은 이 젊은이를 대하는 태도를 결정하기 어려웠고, 젊은이들은 너무 아득해서 다가가기 어려웠다. 게다가 형운이 이곳에 방문한 이유인 천유하가 조검문에서 독보적인 위치에 있는 인물이라는 점도 컸다. 이런 조건들이 더해지다 보니 앞뒤 안 가리고 호기를 부리는 이도 나오지 않았던 것이다.

담담하게 그 사실을 받아들이는 형운의 태도에 천유하가 말했다.

"익숙하구나."

"한두 번이 아니다 보니 그렇게 되더라."

자신을 대단한 사람처럼 대하는 타인의 태도에 허둥거리던 것도 예전의 일이다. 이제는 객관적으로 자신의 위치를 파악하고 주변의 반응을 담담하게 받아들일 수 있게 되었다.

천유하가 물었다.

"본 문을 방문한 소감은 어땠어?"

"역사와 전통이 느껴지던걸. 여기 자리 잡은 지 300년이 다 되어간다지?"

"빈말 말고 솔직한 감상을 듣고 싶은데."

"음……."

형운은 잠시 생각하다가 말했다.

"어디까지나 겉핥기로 본 것에 대한 감상이지만, 일단 생각보다 활기 넘치는 곳이라 놀랐어. 하지만 그만큼 정비가 덜 된 느낌이 들더군."

"어떤 점에서?"

"수련생을 가르치는 분위기가 그랬어. 이건 수련생들보다는 사범들에게 문제가 있어 보였는데… 수련생들을 제대로 통제하는 사범들이 몇 없더군. 본인이 미숙한 것도 있겠지만 조직 차원에서 사범들에게 수련생들을 어떻게 대해야 하는지 명확한 방침을 숙지시키지 못한, 그런 느낌이었지."

"얼마 보지도 않았는데 그런 걸 알 수 있어?"

천유하가 혀를 내둘렀다. 형운의 지적이 완전히 정곡을 찔렀기 때문이다.

"척마대를 만들고 굴려본 경험 때문인지 어디 가면 습관적으로 그런 것부터 보게 되더라고."

형운은 별의 수호자라는 거대한 조직에서 나고 자라면서 여러 조직들을 보아왔다. 조직이 만들어지는 것도, 정비되는 것도, 통합되거나 해산되는 것도 보았고 스스로 그 과정을 악전고투하면서 진행해 보기도 했다.

그 과정에서 얻은 경험은 실로 값진 것이다. 겉으로 드러난 몇몇 요소를 살피는 것만으로도 조검문의 상황을 짐작해 볼 수 있는 안목이 생겼으며, 이 안목이야말로 조직의 윗사람이 되기 위해서는 반드시 필요한 능력이었다.

"그리고 해룡성에서 머무는 동안에 수군의 훈련 상황도 봤고, 용무문에 들른 경험 덕분이기도 한 것 같은데……."

"천하십대문파인 용무문?"

"맞아."

"와……."

천유하가 놀랐다. 그도 젊은 나이에 일존구객의 일원으로 이름을 올릴 정도로 엄청난 명성을 지닌 입장이다. 하지만 정파 무인 입장에서 천하십대문파는 동경의 대상일 수밖에 없었다.

형운은 용무문에서 겪은 일들을 간략하게 이야기해 주고는 덧붙였다.

"아, 그렇지. 청룡검 어르신이 혹시 용무문의 무공에 관심 있는 고수들 있으면 내 이름 대고 찾아오라고 말씀하셨거든. 비무만 해주면 얼마든지 환대하신다고 했으니 나중에 관심 있으면 찾아가 봐."

"좋은 기회가 되겠군. 과연 천하십대문파의 최고수들답게 배포가 큰걸."

천유하는 당황하는 대신 눈을 빛냈다. 이런 말에 놀라기에는 그도 지금까지 지나치게 다사다난한 인생을 살았다.

곧 천유하가 물었다.

"그런데 척마대주는 어쩌다 그만두게 된 거야?"

슬슬 강호에도 형운이 척마대주에서 물러나고 백건익이 제2대 척마대주로 취임한 것이 알려지고 있었다. 그동안 백건익이 척마대를 이끌고 굵직한 일들을 처리하기도 했고, 형운은 자유롭게 돌아다니면서 소문날 짓들을 잔뜩 하고 다녔으니 그럴 만도 했다.

"정치적인 문제지. 가장 크게 작용한 이유는… 그 백야문의 일은 알고 있지?"

"풍문으로 들었어."

성하 사건은 외부에 자세히 알려지지는 않았다.

하지만 백야문이 강호에 정식으로 그 일에 대해서 알리면서 몇 가지 사실이 알려져 있었다. 설산의 신화적인 재난을 막아내기 위해 설산검후 이자령이 희생하였으며 빙백검봉 진예가 문주 자리를 이어받은 것, 그리고 이 과정에서 선풍권룡 형운과 영화권봉 서하령, 설풍미랑 마곡정, 혼마 한서우, 암야살예 자혼이 백야문과 함께 싸웠다는 것.

"그 일 때문이야."

형운은 자신이 백야문을 도우러 가기까지의 사정과 성하와의 싸움에 대해서 간략하게 이야기해 주었다.

이야기를 다 들은 천유하가 신음했다.

"심상치 않은 일일 것이라고는 생각했지만 설마 그런 존재와 싸웠을 줄이야……. 그러면 백야문은 검후께서 돌아가신 것 말고도 엄청나게 타격이 컸겠군."

"응. 진 문주만이 아니라 백야문 모두가 몇 년 동안은 힘든 시간을 보내야 할 거야."

하지만 형운은 그들이 시련을 이겨내고 예전의 모습을 되찾을 것을 믿고 있었다. 백야문은 그런 의지와 저력을 가진 사람들이니까.

"새삼스럽지만 너는 정말 신화의 존재들과 인연이 깊군."

천유하 역시 그런 사람이지만 형운과는 비교가 안 되는 수준이다. 이 시대에 이만큼이나 다양한 신화의 존재들을, 이만큼이나 깊게 접한 존재가 형운 말고 존재하기는 할까?

중원삼국의 시조들이 봉인했던 전설적인 대요괴 괴령을 쓰러뜨렸다.

고대에 청해군도를 공포로 지배했던 암해의 신을 봉인하고 그 본질을 깎아내었다.

천년마교라 불리던 광세천교가 숭배하던 대신격, 광세천의 야욕을 깨부수고 이 세상에서 몰아내었다.

그리고 이런 업적들 덕분에 중원삼국의 황실을 수호하는 운룡족, 진조족, 풍혼족과 직접적으로 교류했다.

그것으로도 부족해서 설산의 마지막 신화인 성하를 쓰러뜨리다니…….

"신화시대를 살아간 영웅들에게 말해줘도 놀라지 않을까?"

"부디 이걸로 끝나길 빌어야지."

"지금까지 험난하게 살아온 만큼 앞으로를 평탄하게 살아갈 수 있다면 좋겠지. 하지만 왠지 우리는 그런 삶을 허락받지 못한 존재들이 아닐까, 그런 생각을 지울 수 없군."

천유하가 씁쓸한 어조로 말했다. 형운 역시 부정할 수 없는 말이었다.

3

형운과 천유하는 술잔을 기울이며 많은 이야기를 나누었다.

그동안 쌓인 이야기는 밤을 지새워도 다 할 수 없을 정도로 많았다. 형운도, 천유하도 마찬가지였다. 천유하도 누가 성운의 기재 아니랄까 봐 일야문을 재건하느라 노력하는 와중에도 정말 많은 일을 겪었던 것이다.

술이 물처럼 들어갔다. 두 사람 다 내공이 워낙 심후해서 스스로 취하고자 하지 않는 한 아무리 술을 마셔대도 취하기 힘들었다. 하지만 회포를 풀다 보니 둘 다 기분이 좋아져서 조금씩 취하기 시작했다.

형운이 물었다.

“일야문으로는 언제 떠날 거야?”

“내일 바로 출발하지. 오래 머물 생각으로 온 거 아니잖아? 원래는 며칠 전에 떠날 예정이었거든.”

문득 천유하가 목소리를 낮춰서 물었다.

“그런데 가 무사님 말인데…….”

“응? 누나는 왜?”

“혹시 둘이… 사귄다거나, 뭐 그런 거야?”

그 말에 마치 형운이 뭔가에 찔린 듯 흠칫하더니 허둥거리며 말했다.

“아, 아닌데? 사귄다니… 왜 그런 생각을…….”

“그야… 남녀 두 사람이서만 여행을 다닌다고 하니 그런 게 아닌가 싶어서.”

“…….”

입을 꾹 다문 형운의 표정을 살피던 천유하가 뭐라고 말하려는 순간, 형운이 한숨을 푹 쉬었다.

“그러고 싶긴 한데.”

“응?”

“그게 쉽지가 않더라고.”

“…….”

“답답하다, 진짜.”

형운은 가려가 좋았다. 스스로의 감정을 자각했기에 가려에게 그 마음을 전할 궁리를 하고 있었다.

하지만 어떻게 해야 할지 잘 모르겠다.

형운이 물었다.

"어쩌면 좋을까?"

"으음. 거기에 대해서는… 유감스럽게도 나도 별로 도움이 못 될 것 같은데."

"너 인기 많잖아?"

난처한 듯 웃는 천유하에게 형운이 무슨 소리를 하느냐는 듯 물었다. 그러자 천유하가 한숨을 쉬었다.

"인기라면 너도 많지 않아? 척마대 일 할 때 보니까 가는 곳마다 너를 보는 뭇 여성들의 눈초리가 아주 뜨겁던데. 연서를 받아본 적도 있잖아?"

"에이, 그거야 그냥 동경하는 마음 같은 거지. 그 연서라는 것도 대부분은 '받아주시지 않을 것을 알고 있다. 하지만 내 마음이라도 전하고 싶었다'는 식이었다고."

"혼담도 많이 들어왔다며?"

"그건 그냥 내가 어떤 사람인지 모르고 배경을 탐내는 사람들의 수작질이고."

"형운."

"응?"

"세간에서는 보통 그런 걸 두고 '인기가 많다' 고 해."

"……."

듣고 보니 그랬다.

선풍권룡 형운은 어딜 가나 일등 신랑감일 수밖에 없는 존재였다. 그를 탐내는 조직이나 가문이 한둘이 아니다. 좀 더 어릴 적에는 사부인 귀혁의 비호하에, 그리고 장성해서는 스스로의 힘으로 물리쳤을 뿐이다.

그리고 그런 배경을 떼놓고 봐도 지금의 형운은 인기가 있을 만하다. 일월성신을 이룬 이후 장성하면서 6척을 넘는 훤칠한 장신에 잘생긴 외모의 소유자가 된지라 이번 여행을 하는 중에 그의 정체를 모르는 여성들에게서도 많은 눈길을 받아왔다.

천유하가 피식 웃었다.

"네가 보는 '인기 많은 천유하' 도 내실을 보면 똑같아. 하다못해 그 인기를 십분 활용해서 연애 경험이라도 많으면 모르겠는데 안 그렇다는 건 너도 잘 알고 있잖아?"

"아니, 그것까지는 몰랐는데……."

"그렇다면 친구여, 고백하건대 나는 여성과 사귀어본 경험이 두 번밖에 없다네."

"두 번이나 있었냐?"

형운이 깜짝 놀라서 고개를 들이밀었다. 천유하가 부담스럽다는 듯 상반신을 뒤로 물리며 말했다.

"…있었지."

"그럼 경험 충분하잖아! 경험자로서의 조언 좀 해봐."

"두 번 다 내가 아니라 상대 쪽에서 원해서 시작된 연애였던 데다가… 결국은 실패했는지라 네 경우에 대해서 뭐라고 해줄 말이 생각나질 않아. 게다가 두 번째는 계약 연애였다고."

"계약 연애? 그게 뭐야?"

"그런 게 있어."

"뭔데? 말해보라니까. 내 사정은 다 듣고 자기 사정은 감추기냐?"

형운이 눈을 부라리자 천유하는 어쩔 수 없다는 듯 과거사를 이야기했다.

"너도 알겠지만……."

"아, 잠깐."

"왜?"

"첫 번째 연애부터 이야기해 봐. 순서대로 가는 게 낫지 않겠냐?"

"……."

"해보라니까?"

"…이런 놈을 친구라고 해도 되는 건가, 아니면 친구라는 게 원래 이런 건가."

천유하가 한숨을 푹 쉬고는 말했다.

"첫 번째는 별거 없어. 축제에서 건달들에게 추행당하려던 누나를 구해줬는데, 어쩌다 보니 분위기가 확 달아올라서 사귀게 됐어. 하지만 두 달쯤 지나서 그 누나에게 정혼자가 있더라는 사실을 알게 되었지."

첫사랑은 이루어지지 않는다고 누가 말했던가?

천유하는 그것으로도 모자라서 어린 시절의 순정이 잔혹하게 짓밟히는 경험을 해야 했다.

그 누나는 천유하를 덮치다시피 해서 사귀었으면서도 정혼자를 멀리하지도 않고 관계를 이어나가는, 대담무쌍한 양다리 걸치기를 시도했던 것이다!

"그때는 뭔가 가슴 한구석이 부서지는 기분이 들더군. 막 눈물도 나고……."

"……."

"그래서 끝이 안 좋게 헤어졌어. 그게 끝이야."

"으으음……."

형운이 식은땀을 흘렸다. 설마 황족인 예령공주에게도 연모의 시선을 받는 천유하에게 저런 처참한 첫사랑의 기억이 있을 줄이야. 상상도 못 한 일이었다.

"그리고 두 번째는… 사실 첫 번째가 저랬는지라 누군가와 연애를 한다는 것 자체가 굉장히 어려운 일로 여겨졌어. 생각해 보면 참 어처구니없는 시작이었지만 끝은… 역시 좋지 않았고."

그것은 그저 서로 마음이 안 맞아서 헤어진 것으로 끝나지 않은 것 같았다.

형운은 천유하의 첫 번째 연애담을 듣고 나니 자기가 뭔가 못 할 짓을 한 기분이 들었다. 술기운에 장난스럽게 이야기하자니 사람의 상처를 후벼 파는 짓이 아닌가.

"됐다. 그만하자. 미안해, 괜히 끄집어내서."

"너는 정말로 연애 경험은 한 번도 없었어?"

천유하는 그 말에 대답하는 대신 질문을 던졌다.

"없었어."

"신기하네."

"혼담이야 많이 들어왔지만 대등한 입장에서 사귀어볼 만한 여자와의 만남은 딱히 기회가 없었거든. 그럴 겨를도 없이 살아온 것 같아."

"서 소저는?"

"하령이?"

형운은 무슨 소리를 하느냐는 듯 어이없어하다가 곰곰이 생각에 잠겼다. 천유하의 태도가 워낙 진지했고, 또 연애담 듣겠다고 상처를 후벼 파기도 했으니 자기도 진지한 태도로 답해야 할 것 같아서였다.

천유하가 물었다.

“한 번도 그런 눈으로 본 적 없어? 그렇게나 아름다운 사람인데.”

“외면만은 확실히 아름답지.”

형운은 살면서 외모가 뛰어난 사람들을 많이 보아왔다. 그러나 단언컨대 서하령이 제일이었다.

“어린 시절에는 좀 그런 마음도 있었던 것 같은데…….”

형운은 옛 기억을 더듬었다. 서하령과는 처음부터 외모만 보고 반할 수가 없는 사이였다. 시비를 걸어왔던 마곡정을 개 패듯이 두들겨 팼던 첫 만남부터 너무 강렬했으니까.

그래도 자라면서는 어느 정도 그 비슷한 마음이 일었던 적도 있는 것 같다. 하지만 그것이 명확한 형태를 띠는 일은 없었다.

“고민하고 자각해야 할 시기에는 하루하루 무공 수련하는 것만으로도 정신없었고, 그 후로도 워낙 강렬한 일들에 치이면서 살다 보니…….”

다른 생각을 할 겨를도 없었던 삶이었다. 형운이 혼담을 귀찮아하고 연애할 생각을 하지 않았던 것은 어린 시절부터 하루하루를 워낙 치열하게 살아갈 수밖에 없었던 처지여서였다.

“어느 정도 여유가 생긴 후에는 둘 다 그런 마음을 가질 여지가 없어진 것 같아. 나도 하령이도 서로를 그렇게 볼 만한 여지가 안 남아버린 거지. 그리고 지금의 하령이는 아마 연애에 대해서 아무런 갈망이 없을걸. 남의 이야기를 보면서 재미있어하기는 하지만……."

"왜 그렇게 확신하는데?"

"하령이는 나와는 달리 뭔가를 이루기 위해 살아가는 사람이거든."

형운이 쓴웃음을 지었다.

어린 시절부터 서하령은 외조부인 이정운 장로의 뒤를 잇겠다는 말을 해왔다. 하지만 그 진로는 스스로 연단술에 매력을 느끼고 높은 뜻을 세워서가 아니라 부모를 잃은 자신을 거둬주고 부족함 없이 길러준 이 장로에게 감사함을 느껴서 결정한 바가 컸다.

서하령의 눈길은 늘 귀혁을 좇고 있었다.

돌이켜 보면 어린 시절에는 그 사실이 가슴 아프게 느껴졌던 때도 있었다. 아마도 그때가 바로 그녀에 대해서 풋풋한 연정을 품었던 시기가 아니었을까.

어쨌거나 서하령이 자신의 재능, 자신의 인생을 다해 무언가를 이룰 것을 결의한 것은 귀혁이 그녀를 성운을 먹는 자 일맥의 6대 계승자로 인정한 후부터였을 것이다. 예전부터 헤아릴 수 없을 정도로 깊은 잠재력을 지녔던 그녀는, 그 순간부터 자신의 모든 것을 연소시켜 목적지를 향해 달리기 시작했다.

"내가 보아온 많은 사람이 그랬지. 외로움을 견뎌내기 힘들어서, 누군가 자신을 지탱해 주면 좋을 것 같아서, 가정의 온기를 동경해서… 그런 이유들에 공감하지 않고, 필요로 하지 않은 채 한결같이 목적지를 향해 나아가는 삶을 살아가는 사람들."

귀혁이나 초후적, 이자령과 나윤극처럼 지고한 경지에 이른 무인들이 그랬다. 운 장로처럼 거대한 야심을 추구하는 인물도, 많은 장로들처럼 연단술사로서 이루고자 하는 것에 인생을 바친 사람들도 그러했다.

그들은 전통적인 사회 관습에 구애받지 않는 사람들이었다.

다들 그렇게 산다고 해서, 사람들의 시선이 그렇게 살아야 한다고 말한다고 해서 자신도 그렇게 살아야겠다고 생각하지 않는다. 오직 스스로 납득하는 방식으로 살아가며 그 안에서 드높은 가치와 행복을 찾아내는 사람들이었다.

"지금의 하령이는 그런 사람이야. 누군가는 그런 하령이를 보면서 지탱해 주고 싶다고 다가갈지도 모르지. 하지만 그건 내가 바라는 것과는 달라."

형운은 행복한 삶에 대해서 생각해 보았다.

많은 사람의 기대를 짊어지고 살아왔다. 그 기대에 부응해야만 한다는 마음으로 야심을 추구해 왔다.

하지만 형운 자신은 그것만을 위해 살아갈 수 있는 사람이 아니었다.

무인으로서 최고가 되어 귀혁의 자리를 계승하고 싶다. 어려서부터 살아온 별의 수호자라는 거대한 사회를 보다 나은 것으로 바꾸고 싶다.

그런 야심을 품은 채로 열심히 노력해 왔다. 아마 그것은 형운이 평생에 걸쳐 추구할 목표가 될 것이다.

하지만 형운은 그런 야망의 화신이 되어 모든 것을 희생할 생각이 없었다. 그는 늘 소박하고 개인적인 행복을 꿈꾸었다.

어린 시절, 형운은 귀혁에게 말한 바 있었다.

'어딜 가더라도 가슴을 펴고 살 수 있는 사람이 되어서, 좋은 사람 만나서 행복한 가정을 이루고 싶어요.'

그 꿈은 예나 지금이나 변함이 없었다.

천유하가 물었다.

"그 대상이 가 무사인 거야?"

"…응."

형운은 부끄러워하면서도 분명하게 대답했다.

"언제부터 그렇게 생각한 거야? 예전에는 그런 마음은 아니었던 것 같은데."

"분명히 자각한 것은 누나가 오랫동안 내 곁을 떠나 있을 때였지."

가려가 자혼의 제자가 되어 오랫동안 떠나 있었을 때, 형운은 엉망진창으로 흐트러진 상태로 스스로의 진심을 자각했다.

"하지만 자각하지 못했을 뿐 오래전부터 그런 마음이 있었어. 처음에는 안쓰럽다고 생각했지."

그래서 잘해주고 싶었다. 그러던 마음이 점점 그녀를 알고 친밀하게 느낄수록 그녀를 변화시키고 싶은 욕구로 이어졌다.

"거기서부터 시작된 것 같아. 내가 누나를 변화시켰다는 것. 그리고 누나가 있는 삶이 너무나 당연해졌다는 것."

자신의 곁에 가려가 없는 삶을 상상하지 못하고 살았다. 그래서 실제로 닥쳐왔을 때 그렇게나 충격을 받았던 것이다.

풍령국에서 그녀와 재회했을 때는 형언할 수 없는 기쁨에 사로잡혔다. 그녀가 자신의 곁에 있겠다고 말해주는 것만으로도 더 이상 아무것도 필요 없다고 생각할 정도로.

"그런데 왜 여태까지 마음을 전하지 않았어?"

"무서웠거든."

형운이 쓴웃음을 지었다.

그가 이 여행을 시작한 것에는 어느 정도 불순한 의도가 숨어 있었다. 단둘이서 여행하다 보면 마음을 전할 적절한 시기와 방법을 찾아낼 수 있지 않을까. 그런 얄팍한 생각을 하고 있었던 것이다.

실제로도 여행 중에 종종 분위기가 무르익었다고 느낀 적도 있었다. 하지만 그럴 때마다 한 가지 의문이 행동을 가로막았다.

과연 가려의 형운을 향한 마음은 어떤 것일까?

가려는 형운을 소중하게 생각한다. 목숨마저 내줄 수 있을 정도로. 그것만은 확신할 수 있었다.

그러나 서로를 소중하게 여기는 마음이 반드시 연정은 아닐 것이다. 형운은 스스로가 가려를 연모함을 알았지만 가려가 그 마음을 받아줄지에 대해서는 확신은커녕 짐작조차 할 수가 없었다.

너무나 서로에게 익숙하기 때문에, 서로의 존재가 당연하기 때문에, 그리고 서로가 소중하기 때문에… 그래서 오히려 더 모르겠다.

"만약 누나가 내게 품은 마음이 연심과는 전혀 다른 것이라면 어쩌지? 그런 생각을 지울 수가 없어."

그 사실을 확인하는 것이 두려웠다.

만약 아니라면 어떻게 되는 것일까. 그 사실을 확인하고 나면 두 사람은 더 이상 지금처럼 지낼 수 없을 것이다. 두 사람 사이에는 단단한 신뢰가 존재했지만 그것은 지금의 관계가 유지되는 동안에만 의미가 있다. 형운이 두 사람을 잇는 마음을 연정으로 바꾸고자 했을 때, 만약 가려가 고개를 젓는다면 돌이킬 수 없는 균열이 발생할 것은 불 보듯 뻔하다.

"형편없는 겁쟁이 자식이지. 얼마든지 비웃어도 좋아."

마음속에 담아놨던 말을 쏟아내던 형운이 술을 병째로 벌컥벌컥 마셨다. 엄청 취하고 싶은 기분이라 그런지 조금씩 술기운이 올라오고 있었다.

그런 형운을 가만히 바라보던 천유하가 말을 이었다.

"보통 이런 때는 뻔한 말들을 해줘야 할 것 같군. 예를 들면 상대를 믿지도 않으면서 어떻게 상대를 사랑한다고 할 수 있나, 지금이야말로 용기를 내야 할 때다……."

"그렇게 생각하지 않나 봐?"

천유하의 말은 공허해서 스스로 한 말에 공감하지 않는다는 것이 노골적으로 보였다. 천유하가 빈 술잔을 뚫어져라 바라보며 말했다.

"믿음이란 애정과는 다른 것이야. 그리고 믿음에는 여러 종류가 있지. 어떤 사람을 믿는다는 것은 그 사람의 모든 것을 믿는다는 의미가 아니잖아? 어떤 사람을 좋아한다는 것이 그 사람의 모든 것을 좋아한다는 의미가 아니듯."

"그렇지……."

형운은 십분 공감한다는 듯 고개를 끄덕였다.

천유하가 우울함이 묻어나는 목소리로 말했다.

"나는 너를 겁쟁이라고 욕할 자격이 없어. 왜냐하면 나도 그랬으니까."

그는 형운에게서 술병을 빼어 들더니 남은 술을 한 번에 들이켰다. 그리고 새 술병을 따면서 말을 이었다.

"계약 연애를 했었다고 이야기했었지."

"……."

형운은 가만히 듣고 있었다.

아까 전에는 단순한 호기심으로 천유하의 마음의 상처를 후벼 판 것 같아 미안한 마음이었다. 하지만 가슴속에 담아뒀던 불안을 고백하고 난 지금은 천유하가 진심으로 이야기하고 싶어 한다는 사실을 느낄 수 있었다.

"영수들 중에는 특수한 사정을 가진 이들이 있어."

예를 들면 일생을 바쳐 어딘가를 수호할 사명을 띠었다거나, 반드시 자신의 대를 이어야만 한다는 강박적인 맹약을 지고 있다거나…….

"내가 만난 사람은… 영수의 피를 잇지 않은 순혈의 인간이었지만, 그럼에도 영수가 되어야만 하는 사명을 가진 사람이었어."

4

아주 오랫동안 신령한 영목(靈木)을 수호하는 일을 해온 영수가 있었다.

그러나 그 영수는 자신이 영격을 더 이상 높이지 못한 채로 노쇠하여 죽어가고 있음을 알았다. 자신의 사명을 이어받을 후계자가 필요했지만 문제는 그가 혼자였다는 점이다. 후손까지 영력이 이어지는 영수의 일족이란 드물었고 그는 일족의 일원이 아니었다.

하지만 고위 영수로서 오랜 세월을 살아온 그는 방법을 찾아냈다.

평범한 인간에게 영목의 과실을 먹이고, 그것을 핵으로 삼아 자신의 영육을 계승하여 영수로 만드는 것이다. 그로써 자신의 능력과 사명을 후대로 전할 수 있었다.

영목은 영능을 발휘하여 영수의 뜻을 이루기에 합당한 인간을 찾아내 주었다.

그 대상은 인간 자매였다. 언니는 사고를 당해서 눈이 멀었고, 동생은 날 때부터 몸을 못 가누는 장애를 지녔다.

영수는 이들에게 접근하여 제안했다.

'영목의 열매를 주어 언니의 눈을 뜨게 해주고, 동생에게 정상적인 삶을 주겠다. 대신 10년 후 둘 중 한 명이 나의 영육과 사명을 계승하는 영수가 되어라.'

자매는 영수의 제안을 받아들였다. 그리고 긴 설득의 과정 끝에 동생이 영수의 후계자가 되기로 결정했다.

언니가 장님이 된 것이 화재에서 동생을 살리기 위해서였기에 동생은 언니에게 부채감을 갖고 있었다. 또한 동생은 날 때부터 장애를 안고 살았기에 10년만이라도 정상인의 삶을 누릴 수 있는 것으로 충분하다고 여겼던 것이다.

그녀의 이름은 이화연이었다. 어느 날 갑자기 천유하 앞에 나타난 생기발랄한 소녀.

천유하는 아직도 그날의 일을 잊지 못했다.

"유성검룡 천유하 대협이시지요?"

"그렇습니다만, 소저께서는 혹시……."

"어머, 기억해 주셨군요. 지난번에 산적들에게 노려지는 것을 구해주셨죠."

그 얼마 전, 천유하는 산적들과 싸우던 상단을 도와준 적이 있었다. 이화연은 그 상단 일행에 속해 있었다. 외부인이고, 여성이지만 술사로서 유사시에 도움을 준다는 명목으로 합류해 있었던 것이다.

"전 이화연이라고 해요. 실은 전 두 달 후에 죽어요."

"예?"

순간 천유하는 자기가 무슨 소리를 들었나 싶었다. 이화연의 생글생글 웃는 얼굴은 도무지 말의 내용과 어울리지 않았기 때문이다.

이화연은 천유하에게 바짝 얼굴을 들이대며 말했다.

"그래서 말인데, 저랑 사귀어주시지 않을래요? 한 번이라도 좋으니까 책 속 이야기처럼 운명의 만남으로 해석될 수 있는 그런 인연이 닿은 사람과 사랑해 보고 싶었거든요."

그녀는 햇살처럼 환하게 웃으며 자신의 죽음을 이야기했다.

처음에 천유하는 이화연이 질 나쁜 장난을 친다고 여겼다. 하지만 아니었다. 그녀가 차분하게 늘어놓는 사연은 그녀의 진심을 의심할 수 없게 만들었다.

아연해진 천유하가 물었다.

"…당신은 그런 삶을 납득하고 있단 말입니까?"

이화연이 영수의 영육을 계승하여 영수가 된다는 것은 인간으로서의 죽음을 의미한다.

노쇠한 영수의 영육과 이화연이 융합하여 새로운 존재로 거듭난 그것은 인간이 아니라 짐승의 모습을 하고 있으리라. 그리고 정신 역시 이화연이 아닌, 과거에 이화연이었던 누군가가 될 터.

이화연도 그 의미를 똑바로 이해하고 있었다.

"납득하지 않으면요?"

"도망치면 되지 않습니까."

"어디로 말이죠?"

"어디로든. 당신을 도와줄 사람이 있는 곳으로……."

"예를 들면 당신처럼요?"

이화연이 도발적으로 물었다. 천유하는 힘껏 고개를 끄덕였다.

"내가 도와주겠습니다. 이래 봬도 나는 검을 쓰는 것에는 어느 정도 자신이 있습니다. 술법에 관해서도 도움을 줄 이들이 많으니 충분히 도움을 드릴 수 있을 겁니다."

"…놀랐어요."

이화연이 눈을 휘둥그레 떴다.

"그렇게 주저 없이 도와주겠다고 말할 줄 몰랐거든요. 당신은 정말 강호에 이름난 대로 의협이군요. 하지만 괜찮아요."

"소저, 그냥 하는 말이 아닙니다. 목숨이 소중하지 않습니까?"

"소중해요. 그러니까 도움이 필요 없다고 하는 거예요."

"이해할 수가 없군요. 그 영수가 무서운 겁니까? 나는 정말로 당신을 보호해 줄 수 있습니다."

"아니에요. 나는 지금의 내 삶이 천금보다 소중해요. 예전에는 삶이 저주라고 생각했어요. 하지만 이런 몸이 되고 나서는 축복이라고 생각하게 되었죠."

이화연은 영목의 과실을 먹고, 영수의 영육 일부를 계승한 후 깨어난 날을 잊을 수 없었다. 그날 처음으로 그녀는 누구의 도움도 받지 않고 자신의 두 발로 걷고, 뛸 수 있게 되었다. 세상이 이토록 생동감 넘치는 아름다움으로 가득 차 있다는 실감에 가슴이 벅차올라 펑펑 울었다.

"난 내내 고통스러웠어요. 죽지 못해 살았죠. 하지만 지금은 너무 행복해요. 그러니까 나는 내 삶에 책임을 질 거예요. 내 삶이 귀중한 만큼, 이 삶을 준 약속도 귀중해요."

"……."

이화연은 말문이 막힌 천유하에게 달라붙으며 재잘거렸다.

"그러니까 저랑 연애해 주세요."

"소저……."

"도와주고 싶다면서요? 저를 약속도 모르는 파렴치한 사람으로 만들려고 하시지 말고 연애나 해주세요."

"……."

천유하는 이 사람을 어떻게 대해야 할지 알 수가 없었다.

"살면서 한 번쯤은 연애를 해보고 싶었거든요. 근데 또 아무하고나 하긴 싫더라고요. 한 번밖에 못 한다면 제대로 해야겠다, 그런 마음 때문에 눈만 높아진 거죠. 기왕이면 잘생겼으면 좋겠고, 마음도 착했으면 좋겠고… 제가 생각해도 어쩜 이리도 까다롭나 싶은데 또 눈을 낮추는 게 잘 안 되어서."

이화연은 수줍게 웃으며 말했다.

어처구니없는 이야기였지만 천유하는 얼마 남지 않은 인생 전부를 건 그녀의 부탁을 거절하지 못했다. 하지만 등을 떠밀려서만은 아니고 하늘에서 뚝 떨어진 것처럼 불쑥 자신의 앞에 나타난 이화연이라는 사람에게 흥미를 느꼈던 것도 사실이었다.

돌이켜 생각해 보면 참 바보 같았다. 그 사람을 좋아하지도 않으면서 동정심 때문에 그런 제안을 받아들이다니, 그러면 안 되는 것이었는데…….

하지만 그런 후회에 몸서리친 것은 모든 것이 끝난 후의 일이다.

그렇게 두 사람은 끝이 정해진 연애를 시작했다.

너무나 어이없는 시작이었고, 그래서 어색하기 짝이 없었지만 그래도 천유하는 성실하게 임하기로 했다.

많은 일을 했다. 주로 이화연이 생각하는, 연인들이 할 법한 일들을.

그녀가 책을 보고 쌓은 왜곡된 동경심을 충족시키는 과정은 매번 낯 뜨겁고 어색했다. 종종 어디론가 사라져 버리고 싶을 때도 있었다.

하지만 동시에 천유하는 즐거웠다.

매번 만날 때마다 한 엉뚱하고 부끄러운 짓 자체가 즐거운 것이 아니었다. 그녀와 함께 그런 일들을 한다는 것이 즐거웠다.

"왜 그렇게 봐요?"

"음? 내가 어떻게 봤는데 그럽니까?"

"굉장히 뜨거운 눈빛이라서요. 혹시 나한테 진짜로 반했어요?"

"그, 글쎄요."

장난스러운 이화연의 질문에 천유하는 눈길을 피했다.

하지만 그 순간, 그녀의 질문이 정곡을 찔렀다는 사실을 깨달았다.

그는 사랑에 빠져 있었다.

계약 연애를 시작한 지 얼마 지나지도 않았는데 천유하는 그녀에게 푹 빠져 있었다. 약속된 날짜를 기다리는 게 즐거웠고, 그녀가 또 무슨 일을 하자고 할지 상상하는 것만으로도 가슴이 설레었고… 그리고 뭐든지 그녀가 기뻐하는 일을 해주고 싶었다.

둘의 연애는 동정심으로 시작한 계약이었다. 그 사실을 천유하도 알고 이화연도 알았다.

이화연은 천유하가 자신을 진심으로 사랑해 주길 바라지 않았다. 아니, 마음 한구석으로는 바라고 있었지만 그것이 지나치게 잔인한 소망임을 알고 있었기에 말하지 않았다.

무엇보다 그녀 자신도 천유하를 사랑해서 계약 연애를 제안한 것이 아니다. 그녀에게 있어서 천유하는 물에 빠진 사람의 눈에 띈 지푸라기였을 뿐이다.

책 속 이야기를 보며 품은 연애에 대한 동경을 해소해 줄 수 있는, 그림처럼 잘생겼고 무공도 뛰어나며 억지로나마 운명의 만남으로 해석할 수 있는 만남도 겪은 청년 협객.

그러니 진심으로 서로를 사랑하는 관계를 요구할 수는 없는 것이 당연했다.

'나랑 연애해 주세요. 멋진 연인을 연기해 주세요. 곧 인간으로서 죽음을 맞이하는 제가 마지막으로 좋은 추억을 가질 수 있도록 배려해 주세요.'

그녀가 바랄 수 있는 것은 그뿐이었다. 그리고 그것만으로도 과한 요구임을 잘 알고 있었다.

하지만 사람의 마음이란 정말 알 수 없는 것이다.

만나면 만날수록 두 사람은 서로가 좋아졌다. 둘 다 그 사실에 당혹감을 느끼면서도 그 감정을 솔직하게 표현하거나, 관계에 제동을 걸 생각을 하지 못한 채로 연인을 연기하는 계약 연애를 계속했다.

무서웠던 것이다. 천유하도, 그리고… 이화연도.

마음 한구석으로는 알고 있었다. 진심으로 상대를 좋아하는 것은 자기만이 아니라 상대도 마찬가지라는 것을.

하지만 그것을 상대에게 확인하는 것은 두려웠다.

만약 아니라면?

혹은 정말이라면?

어느 쪽이든 좋은 결말을 상상할 수 없었다. 아니라면 아닌 대로 두려웠고, 정말이면 정말인 대로 두려웠다.

이제 와서 진심으로 사랑에 빠졌다 한들 어쩌겠는가? 끝은 처음부터 정해져 있었는데.

정말 바보 같았다. 조금이라도 빨리 용기를 냈다면, 그랬다면 뭔가 달라지지 않았을까?

진심을 감춘 채 두 사람은 많은 일을 했다. 소년 소녀의 풋풋한 연애담에 그치지 않는, 많은 일을.

어떤 시간은 달콤했고, 어떤 시간은 격정적이었으며, 어떤 시간은 더없는 열락이었다.

그리고 마지막 날 밤, 이화연은 처음 만났을 때처럼 환하게 웃으며 끝을 고했다.

"고마웠어요."

그 미소를 보는 순간 천유하는 가슴속에서 와락 치미는 격정을 참을 수 없어서 그녀를 끌어안았다. 그리고 진심으로 사랑한다고, 그러니 가지 말라고 그녀를 붙잡았다.

한참 동안 그의 품에 안겨 있던 이화연이 손을 뻗어 그의 얼굴을 쓰다듬었다.

"다행이에요."

"……."

"마지막에 와서야 확인해서."

그녀는 투명한 눈물을 흘리며 환하게 웃었다.

"안 그랬으면 힘들었을 거예요. 분명 못 견뎠겠지요. 그러니까 다행이에요."

"화연……."

"실은 나도 진심이었어요. 우리 둘 다 진심으로 좋아했네요. 그러니까 두 가지만 더 부탁해도 될까요?"

"……."

천유하는 가슴이 먹먹해지는 예감에 안 된다고 말하고 싶었다. 하지만 그럴 수 없었다.

"두 번째 부탁은 지키지 않아도 좋아요. 하지만 첫 번째 부탁은 반드시 지키겠다고 맹세해 줄 수 있나요?"

"말해보세요."

"나를 찾지 말아주세요. 내가 당신을 사랑했던 이 모습으로 당신의 기억에 남을 수 있도록."

"화연! 그건……!"

"그리고 나를 잊어주세요."

이화연은 천유하에게 마지막으로 입맞춤을 하고는 달빛에

녹아들듯이 사라졌다.

쫓으려면 쫓을 수 있었을 것이다. 천유하라면 그녀가 세상 어디로 가든지 찾아낼 능력이 있었으니까. 그녀에게서 인간으로서의 삶과 자유를 빼앗는 영목과 영수를 베어버리고 그녀가 지켜야 할 약속 그 자체를 없애 버리는 것도 충분히 가능한 선택지였다.

하지만 천유하는 그러지 않았다. 가슴이 찢어지는 고통 속에서 그녀를 떠나보냈다.

이화연은 약속의 무게를 알고 있는 사람이었다. 처음부터 자신의 운명을 받아들였던 그녀는, 아무리 천유하를 진심으로 사랑하게 되었어도 그것을 이유로 운명을 거부할 생각이 없었다.

누군가는 말할 것이다. 행복해질 수 있는 길을 저버리는 어리석은 선택이라고.

하지만 천유하도, 이화연도 알고 있었다. 이화연은 그런 선택으로는 행복해질 수 없는 사람이라는 것을.

이화연은 자신이 얻은 10년의 시간을 너무나 큰 축복으로 누렸기에 그것을 준 영수와의 약속을 신성하게 여겼다. 천유하에 대한 사랑 때문에 그 약속을 깨는 것은 그녀에게는 스스로의 삶에 대한 모독이 되었을 것이다.

스스로 가장 존엄하다 여기는 가치를 짓밟은 이가 어찌 행복할 수 있겠는가?

5

"그게… 벌써 2년도 더 되었군……. 벌써 그렇게……."

느릿느릿한 목소리로 말하는 천유하의 목소리는 젖어 있었다.

형운은 그가 어느새 얼굴이 발갛게 달아오른 채로 고개를 꾸벅거리고 있다는 사실을 깨달았다. 말하는 동안 끊임없이 술을 마셔대다 보니 취해 버린 것이다.

내공이 워낙 심후한 그가 이렇게 취해 버린 것은 스스로 취하고자 했기 때문이다. 말하면 말할수록 가슴속 상처가 쓰라려서 취하지 않고서는 버틸 수가 없어서였다.

"있잖아, 형운."

"응."

천유하는 반쯤 풀린 눈으로 잠꼬대처럼 말하고 있었다. 하지만 형운은 진지한 눈으로 그의 말을 들었다.

"나처럼 멍청한 놈은… 되지 마라, 후회만 남으니까……."

그렇게 말한 천유하는 꾸벅꾸벅 졸기 시작했다.

한참 동안 가만히 있던 형운은 조용히 몸을 일으켜서 천유하를 바닥에 눕혀주었다.

아마도 천유하는 가슴속에 담아둔 슬프고 먹먹한 감정을 수도 없이 되새겨 왔으리라. 아무에게도 이야기하지 못한 그 마음은 깊은 상처가 되어 그의 마음속에 쌓여 있었다. 어쩌면 형운에게 이야기함으로써 그는 조금이나마 마음의 짐을 덜어냈을지도 모른다.

"…고맙다."

형운은 방구석에 있던 이불을 천유하에게 덮어주고는 방을 나서며 속삭였다.

『성운을 먹는 자』 27권에 계속…